소년은 알고 싶다

## 소년은 알고 싶다

**발행일**  2022년 1월 14일

**지은이**  신재동
**펴낸이**  손형국
**펴낸곳**  (주)북랩
**편집인**  선일영                    **편집**  정두철, 배진용, 김현아, 박준, 장하영
**디자인**  이현수, 허지혜, 안유경        **제작**  박기성, 황동현, 구성우, 권태련
**마케팅**  김회란, 박진관
**출판등록**  2004. 12. 1(제2012-000051호)
**주소**  서울특별시 금천구 가산디지털 1로 168, 우림라이온스밸리 B동 B113~114호, C동 B101호
**홈페이지**  www.book.co.kr
**전화번호**  (02)2026-5777                    **팩스**  (02)2026-5747

**ISBN**  979-11-6836-118-8 03810 (종이책)        979-11-6836-119-5 05810 (전자책)

**(주)북랩** 성공출판의 파트너

북랩 홈페이지와 패밀리 사이트에서 다양한 출판 솔루션을 만나 보세요!

**홈페이지** book.co.kr   •   **블로그** blog.naver.com/essaybook   •   **출판문의** book@book.co.kr

**작가 연락처 문의 ▶ ask.book.co.kr**

작가 연락처는 개인정보이므로 북랩에서 알려드릴 수 없습니다.

# 소년은 알고 싶다

## A Certain Secret

신　재　동　장　편　소　설

북랩 book Lab

목차

## 1부

그녀은 알고 싶다
*A Certain Secret*

| | | | |

## 01
:

동네 공원 박태기나무에 꽃이 폈다.

박태기나무 꽃은 부활 주일을 전후해서 핀다. 나는 꽃을 볼 때마다 예수님의 수제자였던 유다가 생각난다. 예수를 배반한 유다가 죄의식에 괴로워하다가 박태기나무에 목을 맸다는 이야기 때문이다. 스승을 팔아먹고 얼마나 괴로웠으면 꽃이 만발한 나무에 목을 맸을까?

박태기나무 꽃 꽃말은 배신이다.

내 가족 이야기를 드러내는 것이 유다가 스승인 예수를 배신한 것처럼 나도 조상을 배신하는 것 같은 생각 때문에 오래도록 망설였다. 쓰다가 접어두기를 여러 번 반복한 까닭도 배신감 때문이었다.

어려서 내가 겪고 보아 온 집안의 크고 작은 일들을 숨김없이 드러낸다는 것이 민망하고 부끄럽기도 했다. 그러나 마음속 깊은 곳에 똬리를 틀고 앉아서 나를 괴

소년은 알고 싶다

롭혀 온 문제들을 깨트리고 벗어나지 않으면 온전한 자아 형성이 어렵다는 게 이야기를 쓰기로 마음먹게 된 이유였다. 어른들의 정체가 무엇이었나 하는 의문을 파헤침으로써 정신적 자유를 얻자는 것도 이유 중의 하나였다.

내가 직접 보고 경험한 실제 일이지만 막상 이를 까발리는 데는 많은 용기가 필요했다. 나의 위 세대는 다 돌아가셨기 때문에 누구를 배려하거나 누구의 체면과 위신에 대한 염려를 생각할 필요도 없는 지금이 기록으로 남기기에 좋은 기회라고 생각한 것도 이야기를 쓰게 된 동기 중의 하나다.

인간의 죄의식이라는 것도 개인의 성향에 따라서 다르게 생각할 수 있다. 사탕은 누구나 달다고 느끼지만, 어떤 병치레를 하고 난 사람에게는 달기는커녕 쓰게 느껴지는 것과 같다. 사탕이 쓰게 느껴지는 이야기를 해야겠다고 마음먹었다.

어릴 때 엄마를 잃은 아이는 엄마가 영원한 그리움,

사무침으로 남는다.

클래식 음악을 들으면 마음이 정화작용을 일으키면서 차분해진다. 혼자 음악을 들으며 엄마가 없다는 사실을 잊어버리고 이 세상에 태어난 걸 행복해하며 살 수도 있다. 가요를 좋아하는 사람은 가요를 들으며 공감하고, 산다는 것의 덧없음에 눈시울을 적시며 살 수도 있다. 하지만 때때로 떠오르는 엄마 생각은 음악이라는 처방으로 낫지 않는다.

우리가 늘 그리워하는 엄마란 무엇인가?

어느 미국 초등학교 과학 시간에 선생님이 아이들에게 시험문제를 냈다. 시험문제는 "첫 글자가 M으로 시작하는 단어 중에 상대방을 끌어들이는 성질과 힘을 가진 단어를 쓰시오."였다. 정답은 Magnetic(자석)이었다. 그러나 학생들의 답은 Mother(엄마)라고 썼다. 고민하던 선생님은 마침내 Mother(엄마)를 정답으로 처리했다.

이것은 실화이지만 실제로 엄마는 자석과 같은 존재다. 자석이 철을 끌어당기는 힘이 있는 광석인 것처럼,

소년은 알고 싶다

엄마에게는 자식을 끌어당기는 보이지 않는 힘이 존재하고, 자식은 끌려가고 싶은 자성이 존재한다. 실제 자석의 자기장은 주변 반경이 제한되어 있지만, 엄마 자석은 실제 자석과 달리 자기장의 폭이 무한대다. 내가 지구상 어디에 있든지 엄마 자석은 나를 끌어당기고 있었다.

　사람의 기억이라는 것은 녹화된 영상이 아니어서 머릿속에서 살아 있는 생물처럼 꿈틀거리면서 변형되고 편집된다. 내가 직접 보고 기억하는 것들이 사실은 진실이 아닐지도 모른다. 세월이 흐르면서 변형되고 편집되었을 수도 있다. 좋은 기억은 아름답고 애틋하게 편집되어 기억하고, 나쁜 기억은 비참하고 원통하게 그려 넣어 짜깁기했을지도 모를 일이다.

　그래도 흘러 가버린 기억을 불러내어 혼을 불어넣고 상상력으로 포장해서 새롭게 재생산해 놓는 일이야말로 후손으로서, 글 쓰는 내가 마땅히 해야 할 일이라고 믿는다.

## 02

신작로 땅바닥에 자동차 길을 그려놓고 홍순이는 지프를 끌고 나는 트럭을 밀면서 조심조심 금을 그어 놓은 고갯길을 올라갔다. 노는 데 정신이 팔려서 오줌이 마려워도 다리를 비비 꼬기만 했지, 일어나기 싫었다. 더는 참을 수 없어서 마지못해 일어나서 집으로 냅다 뛰어갔다. 뛰어가면서도 한마디 당부는 잊지 않았다.

— 내 트럭 건들지 마. 금방 올게.

'삐꺽' 대문이 열리는 소리를 듣는 둥 마는 둥 허겁지겁 문지방을 넘어 오른쪽으로 돌면서 재래식 화장실 문고리를 잡아당겼다. 문은 내 키보다 갑절은 높았다. 문을 열면 넓은 마루판 한가운데에 직사각형 모양의 구멍이 있었다. 어린 내 몸집보다 구멍이 너무 크다고 느꼈기 때문에 구멍 위에 쪼그리고 앉을 때면 늘 불안했다. 어두컴컴한 구멍 속에서 손이 올라와 잡아당긴다는 무서운 이야기를 들은 적도 있어서 서늘한 공기가 흘러나

올 때면 소름이 끼치곤 했다.

급한 김에 얼른 발을 들여놓으려다가 멈칫 섰다. 앞에 보이는 두 다리가 바닥을 디디지 않고 서 있는 게 이상하고 섬뜩했다. 맨발에다가 슬리퍼는 화장실 바닥 여기 저기에 아무렇게나 나뒹굴어 있었다. 고개를 들어 위를 올려다보았다. 키 큰 남자가 목을 매고 축 늘어져 있는 게 아닌가. "으악!" 소리와 함께 화장실 밖으로 엉덩방아를 찧으며 나자빠지고 말았다.

온몸의 피가 거꾸로 치솟았다. 머리카락도 쭈뼛쭈뼛 곤두섰다. 숨이 막히고 새파랗게 질려 오들오들 떨었다. 울려고 해도 목구멍에서 "억, 억!" 하는 소리만 나왔지, 어떻게 우는 건지 까먹었다. 빨리 도망가야 하는데, 강력 본드에 접착된 것처럼 엉덩이가 땅에 달라붙어서 몸이 꿈쩍도 하지 않았다.

힘이 다 빠져나가 축 늘어진 사람은 실제 키보다 더 커 보였다. 낯익은 옷차림이 분명 할아버지라 살려야 한다는 생각이 얼핏 머리를 스쳤다. 어떻게 안방으로 달려갔는지 기억이 없다. 징징 울면서 큰소리로 할머니를 불렀다.

할머니는 화장실로 갔다가 다시 부엌으로 들어가서
식칼을 들고 나왔다. 잠시 후에 '쿵!' 하고 무거운 몸이
바닥에 떨어지는 소리가 들렸다.

　　　　　　　　　　　　　　　소년은 알고 싶다

여섯 살 되던 해에 겪었던 할아버지의 끔찍한 모습은 평생 나를 따라다녔다. 마음 깊숙한 곳에 악몽으로 각인되고 만 할아버지의 목맨 장면은 지워지지도 않고 숨어 있다가 어떤 계기가 되면 떠오르곤 했다.

어린 나는 혼자서 화장실에 가지 못했다. 화장실 생각만 해도 두렵고 겁이 나서 심장이 두근거렸다. 낮에도 오줌은 요강에 누었다. 하루에 한 번은 화장실에 가야만 했는데 할머니나 누나가 문 앞에서 기다려줘야 마음이 놓였다. 화장실에서도 할아버지 생각이 떠오르지 않게 하려고 속으로 노래를 부르거나 혼잣말이라도 중얼거렸다.

이런 증세는 어른이 된 다음에도 계속 이어졌다. 화장실에 가면 문을 조금이라도 열어놓거나 신문이나 잡지라도 읽으면서 정신을 딴 데다 쏟아야 했다. 안 그랬다가는 끔찍한 영상이 떠올랐다.

나는 어렸기 때문에 집안 돌아가는 사정을 알지 못했다. 근엄하고 엄격했던 할아버지가 왜 극단적 선택을 했는지 누구에게 물어볼 일도 아니었다. 어른들의 눈치로 보아 쉬쉬해야 하는 일이라고 알았다. 유서가 있는 것도 아니고 우울증 같은 병적 증세가 있었던 것도 아니었다. 나중에 커 가면서 고모들이 하는 말을 들어보면 체면을 신봉하던 할아버지가 당장 저녁거리조차 없어서 식구가 다 굶어야 할 궁핍한 상황으로 내몰린 데다가 사는 집 마저 은행에 넘어가게 되었고, 내일이면 집을 비워줘야 하는 막다른 골목에 이르자 스스로 감당할 수 없는 스트레스 때문에 극단적인 선택을 한 거라고 들었다.

## 03

어릴 때 내가 살던 집은 조선 기와집이었다.

대문이 집에 붙어있어서 들어서면 정면으로는 훤히 트인 마당이 보였고 오른편으로 돌아가면 재래식 화장실이 있었다. 왼편에는 널찍한 부엌과 부엌 다음에 안방이 있었고 안방에서 대청마루를 기역자로 건너면 방이 연달아 둘이 있는데 할아버지는 첫 번째 건넌방에서 홀로 주무셨다. 대청마루와 건넌방 툇마루는 서로 이어져 있어서 마루를 통해 안방과 건넌방을 오갈 수 있었다. 여름이면 마당의 등나무가 건넌방 지붕까지 올라가 툇마루까지 그늘을 드리워서 시원했다.

휴전협정으로 군에서 제대한 아버지는 집에서 놀고 있었다. 한창 궁핍하던 시절이라 실업자만 득실거리던 때에 아버지는 미군 부대에 취직이 되었다면서 좋아했다. 두 살짜리 딸과 갓난아기를 뒤로하고 돈을 벌기 위해 교육받으러 간다면서 문산으로 간 다음에 소식이 끊

겄다. 수소문 끝에 들리는 소리로는 켈로(KLO) 부대 공작원으로 북한에 들어갔다는 말을 들었을 뿐, 확인할 길은 없었다.

어른들은 엄마를 생과부라고 불렀다. 나는 어려서 과부가 무슨 말인지 몰랐지만, 엄마가 듣기 싫어하는 말이라는 것은 어렴풋이 알고 있었다.

할머니는 돌아가시기 전까지 아버지가 살아 있다고 믿고 사셨다. 아버지의 무사 귀환을 위해서 서면(西面) 삼악산에 있는 상원사 큰 절에 가서 부처님께 무릎이 닳도록 빌었다. 할머니는 상원사에 갈 때면 꼭두새벽에 길을 떠나 어둑어둑한 밤중에나 돌아오셨다. 나는 절에 가보지 못했으나 온종일 걷느라고 발이 아프다고 하시는 거로 봐서 무척 먼 곳이라고 짐작했다. 왜 하필이면 절이 먼 곳에 있어서 할머니를 고생시키나 하는 생각이 들곤 했다. 절에 행사가 있을 때면 엄마도 같이 갔다. 할머니가 무릎 통증이 심해서 잘 걷지 못할 때도 엄마가 대신 절에 다녀왔다.

# 04

⁝

    할아버지가 돌아가시기 전, 내가 다섯 살이던 여름이었다.

    그때 춘천은 지금처럼 호수 도시가 아니었다. 소양강이 강 그대로 존재했고 공진내에서 빨래도 했다. 공진내는 이름 그대로 넓은 개울이었다. 개울은 맑은 물이 철철 넘쳐흘렀다. 개울 안쪽에서는 깊은 물살이 세차게 흘렀다. 물고기도 많았다. 냇가 가장자리에서 고무신을 벗어들고 송사리를 잡기도 했다.

    아기 주먹만 한 조약돌이 모래사장처럼 드넓게 깔려 있었고, 조약돌이 깨끗하고 각양각색이어서 조약돌을 주워 모으는 것만으로도 재미가 쏠쏠했다. 누나와 나는 엿가락처럼 길쭉한 조약돌을 반으로 동강 낸 다음에 침으로 다시 붙여서 누구의 돌이 센지 서로 부딪쳐서 넘어트리는 놀이도 했다. 냇가는 평화롭고 한가로워 물새도 날아다녔다. 개울물은 그냥 떠 마셔도 괜찮으리만큼

투명하고 깨끗했다.

엄마가 공진내로 빨래하러 가던 날이었다.

솜이불 홑청을 뜯어서 대소쿠리에 하나 가득 담고 할아버지 요 홑청도 담았다. 누나와 나는 김밥을 찬합에 담아 들고 종종걸음으로 엄마를 따라갔다. 온종일 물가에서 놀면서 송사리를 잡으러 뛰어다녔다. 송사리는 약삭빨라서 요리조리 잘도 빠져나갔다. 얕은 곳에서 헤엄치겠다며 물장구도 치고 누나와 물싸움도 했다. 누나가 던지는 물은 내 얼굴에 직통으로 맞았으나 내가 던지는 물은 누나 근처에도 못 미쳤다.

한나절이 지나면서 누나와 나 그리고 엄마는 둘러앉아 김밥을 먹었다. 마치 소풍 나온 것 같았다. 누나와 나는 김밥이 맛있어서 서로 더 먹겠다고 싸웠지만, 엄마는 배가 고프지 않다면서 돌아앉아 옷깃으로 눈물을 찍어냈다. 엄마가 왜 우는지 알 수 없었다. 엄마와 같이 있다가는 나도 슬퍼질 것 같아서 얼른 물가로 달려갔다. 구름 한 점 없는 맑은 하늘에 태양이 이글거렸고 누나와 나는 즐거운 소풍 놀이에 한껏 들떠서 시간 가는 줄

소년은 알고 싶다

몰랐다.

양잿물에 삶은 빨래를 물에 헹구고 넓적한 돌 위에 얹어놓고 방망이질을 해댔다. 물기를 짜낸 홑청을 자갈밭에 쭉 펴서 널어놓고 귀퉁이마다 돌을 얹어놓아 바람에 날아가지 않게 단도리를 해놓았다. 누나 옷과 내 옷도 다 벗어서 빨았다. 여름 해가 길어서 빨래를 끝내고도 해가 중천에 남아 있었다.

그날은 내 생애에서 가장 즐겁고 행복한 날이었다. 그런 날은 다시 오지 않았다.

소년은 알고 싶다

## 05

⋮

엄마는 며칠째 눈코 뜰 새 없이 바빴다.

솜이불을 햇볕에 말리고 폭신폭신한 이불을 방바닥에 펴놓고 홑청을 새로 입혔다. 하얀 면실로 반듯하게 일자로 얌전히 꿰매 나갔다. 나는 밖에 나가서 노는 것보다 엄마 곁에서 바느질하는 걸 보는 게 더 좋았다. 폭신폭신한 맛이 좋아서 새로 꾸민 이불 위에서 한 바퀴 나뒹굴면 엄마는 솜 뭉친다고 야단치면서 밖에 나가 놀라고 했다. 야단치는 엄마의 목소리마저 내게는 노래처럼 들렸다.

할머니는 관절염이 도져서 엄마가 대신 절에 다녀올 거라고 했다. 절에 갈 때 입는 새 옷도 꺼내놓고 일찍 잠자리에 들었다. 엄마는 꼭두새벽에 밥을 지어놓고 집을 나섰다. 너무 이른 새벽이어서 엄마가 집을 나가는 것도 보지 못했다.

그날 절에 간 엄마는 돌아오지 않았다.

다음 날도 아침에 눈을 떠보면 엄마는 없었다. 여느 날과는 달리 분위기가 심상치 않다는 느낌이 들면서 꺼림칙했다.

—할머니, 엄마 어디 갔어?

—절에 갔는데 아직도 안 오는구나. 일이 있으면 못 온다고 전갈을 해야지, 무작정 안 오면 어쩌자는 거야.

할머니는 넋두리하듯 중얼거렸다.

누나와 같이 이불을 개고 옷도 챙겨 입었다. 늘 엄마가 해주던 양치질을 그날은 혼자서 해야 했다. 마당에 나가 놋대야에 물을 떠 놓고 소금으로 이를 닦았다. 물로 입안을 헹궈도 찝찔한 맛이 남아돌았다. 세수하고 수건으로 얼굴을 문지르는데, 감시하며 잔소리하던 엄마가 없다는 게 기분이 좋기는커녕 오히려 마음이 불안하고 무거웠다.

느지막하니 할머니가 아침을 지었다. 할머니는 골이 나 있었고 짜증 섞인 목소리로 엄마를 나무랐다.

—몹쓸 것 같으니라구, 살림이 이게 뭐람. 밥을 해 먹었으면 솥을 잘 닦고, 솥뚜껑이며 솥 둘레에 들기름을 칠해서 반들반들하게

소년은 알고 싶다

*해놓으라고 그렇게 일렀건만, 하는 말은 안 듣고 밖으로 쏘다니*
*다니……*

할머니는 불평을 늘어놓았다. 나는 분위기가 심상치 않다는 걸 어렴풋이 느낄 수 있었다. 의심 어린 눈초리로 집 안을 살피느라고 나가 놀지도 못했다. 저녁때가 다 됐는데도 엄마는 오지 않았다. 누나와 함께 울면서 엄마를 기다렸다. 할머니도 걱정만 하다가 손수 저녁밥을 지었다.

할머니가 부엌일에 아주 손을 놓은 건 아니었지만, 지금껏 웬만한 부엌일은 엄마가 다 했고 할머니는 장이나 보러 다녔다. 할머니는 수심이 가득한 얼굴로 할아버지에게 사실을 알렸으나 할아버지는 아무 말도 하지 않았다. 그때까지만 해도 할아버지가 돌아가시기 전이었으니까 집안의 어른이신 할아버지는 모든 대소사를 알고 계셨던 유일한 분이었다.

할아버지는 웃는 얼굴을 지어본 적이 없다. 늘 지엄한 표정을 짓고 다녔다. 허리가 꼿꼿하고 키도 컸다. 희끗희끗한 머리에 콧수염을 가지런히 길렀고 늘 위엄이 당당한 교장 선생님 같은 분위기였다.

우리 집은 손이 귀한 집이다. 형제가 없는 할아버지와 아버지에 이어서 나까지 외아들이다. 밥을 먹을 때면 할아버지와 겸상을 했다. 누나는 할머니와 엄마하고 같은 상에서 먹었지만, 하나밖에 없는 손자인 나는 장손이어서 할아버지 앞에 앉아서 밥을 먹었다. 언제부터 그랬는지 기억은 없지만, 아주 어려서부터 할아버지와 겸상을 했다. 생선이나 달걀 반찬이 올라와도 할아버지가 먼저 드셔야만 나도 먹을 수 있었다. 아침 밥상에 앉으면 할아버지는 이것저것 묻는 게 많았다. 잘못 대답했다고 꾸짖거나 매를 드는 건 아니었지만, 늘 긴장되고 겁이 나서 까불지도 못했다. 그런 할아버지가 자랑스러웠고 마음 속에서 존경심이 저절로 우러났다.

엄마를 꼭 닮은 누나가 초등학교에 가고 할머니도 장에 가면 할아버지는 나를 불러 가게에 가서 좋아하는 눈깔사탕 사 먹으라고 돈을 줬다. 신이 나서 껑충껑충 뛰어 골목 초입에 있는 구멍가게로 달려갔다.

색종이로 감싼 동그란 눈깔사탕이 대못 같은 종이 막

대기에 꽂혀있는 것을 양손에 하나씩 들고 아껴 가며 혀로 핥아먹는 달콤한 맛이란 무엇하고도 바꿀 수 없는 유혹의 결정판이었다. 엄마한테 들키면 사탕 먹는다고 야단맞기 때문에 밖에서 다 먹고 들어가야 했다.

달콤한 사탕 맛에 홀려서 집 생각은 까맣게 잊고 꼴깍 한나절을 보냈다. 다 먹어 치운 다음에 시치미를 뚝 떼고 집에 들어갔다. 뜻밖에도 엄마는 부엌에서 울고 있었다.

부엌은 바닥이 두 계단 아래로 깊었고 천장은 다락 밑이었다. 부뚜막에는 큰 무쇠솥과 작은 무쇠솥 두 개가 가지런히 걸려 있었고 아궁이와 마주 보는 쪽에는 장작더미가 쌓여 있었다. 엄마는 장작더미 앞에 쭈그리고 앉아서 행주치마로 눈물을 닦고 있었다.

엄마의 손에는 편지가 들려 있었다. 전에도 엄마가 편지 읽는 것을 보았기 때문에 이모에게서 온 편지라는 걸 금세 알아차렸다. 왜 우는지는 알 수 없었으나 매우 슬픈 모습이어서 나도 덩달아 슬퍼졌다. 엄마는 나를 보자 풀어헤쳐진 옷고름을 다시 여몄다. 나는 짐짓 태연한 척하며 엄마에게 물어보았다.

―무슨 편지야?

―너는 몰라도 돼.

엄마는 편지를 다시 접어서 봉투에 넣더니 성냥 불을 켜서 불을 붙였다. 엄마와 나는 불에 타는 편지를 바라보았다. 엄마는 다 타버린 재를 아궁이에 넣었다.

―너, 편지 태웠다는 거 누구한테도 말해서는 안 돼.

엄마가 중요한 임무를 내게 부여하듯이 다짐했다.

―응, 아무한테도 말 안 할 거야. 누나한테도.

―암, 그래야지. 남자는 입이 무거워야 해.

엄마는 할아버지처럼 말했다. 나는 염려하지 말라는 식으로 고개를 끄덕였다.

## 06

. . . .

    내가 할아버지를 존경하는 것과 달리 엄마는 할아버지가 어려워서 눈도 마주치려 하지 않았다. 물어보지는 않았지만, 엄마가 할아버지를 싫어하는 것이 어린 내 눈에도 느껴졌다.

    나중에 커 가면서 고모들한테서 들은 이야기로는 할아버지가 젊었을 때는 작은댁을 거느리고 살면서 기생집에도 단골로 드나들었다고 했다. 시내에서 제일백화점을 운영하면서 기생이 마음에 들면 집을 한 채 사서 주는 걸 예삿일처럼 여겼다. 증조할아버지로부터 물려받은 토지며 전답을 팔아먹던 이야기는 모두 내가 태어나기 전의 일이었다.

    할아버지가 젊었던 시절에는 사회 분위기가 그랬다. 재산 좀 있다 하면 기생집 드나드는 건 당연했고 작은댁 하나둘씩 거느리는 것도 눈감고 넘어가던 시절이었다. 사회상이 그렇기도 했지만, 할아버지의 가치관도 그랬다. 할아버지의 머릿속에는 유교 사상이 도사리고 있는가 하면 신식 학교에서 받은 일본식 교육으로 인해 여자를 소유물 취급하듯 하는 관습도 남아 있었다. 자식들이나 가족 누구에게도 다정다감한 면은 찾아볼 수 없었다.

할아버지는 머리가 명석해서 다섯 살에 천자문을 뗐다. 마을에서 신동이 났다고 잔치까지 벌였다고 할머니가 늘 자랑삼아 들려주곤 했다. 그렇다고 서당 공부만 한 건 아니었다. 신식 학교를 졸업하고 춘천 시내 본정통에 제일백화점을 열어서 신문명을 보급했다.

# 07

.....

엄마가 집을 나간 지 사흘째 되던 날이었다. 할머니와 막내 고모는 부엌에 서서 이야기를 나누다가 나를 보고는 밖에 나가서 놀라고 했다. 긴요한 이야기를 할 때면 나를 밖으로 내보내곤 했었다. 부엌문을 돌아 밖으로 나가는 척하면서 대문 안에서 할머니와 막내 고모가 하는 이야기를 엿들었다.

─너, 절에 좀 다녀오려무나. 관절염이 도져서 내가 갈 수가 없어서 그래. 어미가 절에 가서 죽었는지, 살았는지 알 수가 있어야지.

할머니는 답답해 죽겠다는 어투로 막내 고모에게 부탁했다. 큰고모와 둘째 고모는 서울에서 살았고 막내 고모는 우리와 이웃해서 살았다. 이야기를 듣던 막내 고모가 콧방귀를 뀌면서 큰소리로 할머니의 말을 잘랐다.

─도망갔구먼, 도망갔어. 팔자 고치려고 도망간 거지 뭐야. 엄마

는 올케가 절에 갔다고 믿어요? 이불 빨래 다 해놓고 간 걸 보

면 몰라요? 그런 눈치도 없이 며느리 말을 믿다니. 참, 엄마도

딱하셔……

막내 고모는 혀를 끌끌 찼다. 그러면서 할머니를 나무

랐다.

—올케가 이제 겨우 스물여섯인데 청상과부로 그냥 살 줄 알았어

요?

막내 고모는 세상을 통달한 사람처럼 단호하게 말했

다. 막내 고모의 말마따나 엄마는 영영 돌아오지 않았

다. 그립다는 말로는 다 표현할 수 없는 엄마를 대문 앞

에서 쪼그리고 앉아 기다리는 날이 늘어났다. 이제나저

제나 신작로만 바라보았다. 눈이 빠지게 내다봐도 엄마

는 보이지 않았다. 안타깝고 야속했다. 날이 어두워져서

무서워지면 울면서 집에 들어왔다. 할머니는 내 눈물을

닦아주면서 사내대장부가 울면 못 쓴다고 했다. 할아버

지도 엄마가 어디로 갔는지 아는 것 같지 않았다. 밤이

되면 엄마가 더욱 보고 싶었다. 엄마 없이는 재미있는

게 아무것도 없었다.

―할머니, 엄마 어디 갔어? 엄마 보고 싶어.

할머니에게 물어보면 할머니는 으레 같은 말을 반복
했다.

―아이고 내 새끼, 누나가 니 어미를 똑 닮았다. 엄마 대신 누나
를 보려무나.

나는 엄마가 없어서 울면서 잠이 들곤 했다.

엄마를 그리워하는 마음은 눈덩이처럼 쌓여만 갔다.
엄마가 보고 싶어서 맨날 울기만 했다. 엄마를 그리워하
는 마음을 표현하는 길은 우는 외에 다른 방법이 없었
으므로 울보라는 별명까지 얻었다. 노는 재미에 정신이
팔려 잊어버렸다가도 문득 엄마 생각이 나면 대문 밖으
로 뛰어나가 다시 기다리곤 했다. 할머니는 엄마가 오지
않을 거라고 했지만, 내가 기다리기만 하면 엄마는 돌아
올 줄 알았다.

―세상에 자식 버리고 도망가는 어미가 어디 있다더냐? 몹쓸 것
같으니라고……. 천벌을 받지, 천벌을 받아.

할머니는 그러면서 이런 말도 했다.

―도망갈 어미는 애가 옷고름을 잡고 자면 가위로 옷고름을 잘라

*놓고 도망간다더니, 네 어미가 그런 줄은 꿈에도 몰랐다.*

할머니는 엄마를 몹쓸 년이라고 하면시 벌 받을 기라고 했다. 누나도 도망간 모진 엄마라며 울면서 원망했다. 그래도 나는 엄마가 꼭 돌아올 거라고 믿었다.

나는 돌아가는 집안 사정을 소상히 알 만한 나이가 아니었지만, 어렴풋하게나마 할머니가 끼니 걱정으로 애태우신다는 정도는 알아차렸다. 막내 고모가 올 때마다 숨겨 가지고 온 쌀을 할머니에게 건네주는 것도 보았다. 부엌에서 둘이 의논하는 걸 보면 큰일이 벌어질 것만 같았다.

그리고 얼마 지나지 않아서 할아버지의 극단적인 사건이 벌어진 것이다.

## 08

⋮

시내 중앙로에 가면 '기쁜 소리사'라는 라디오 수리점이 있었다. 커다란 스피커를 길에 내놓고 라디오 방송을 틀어주곤 했다. 사람들이 스피커 앞에 몰려서서 긴장된 표정으로 뉴스를 듣고 있었다. 나는 어려서 알 수 없었으나 이승만 대통령이 하야한다고 했다.

우리는 살던 집을 내주고 시장통에 있는 작은 월세방으로 이사했다. 아직 엄마를 기다려야 하는데 집을 비워줘야 한다는 게 꺼림칙했다. 엄마가 왔다가 우리가 없다고 생각하면 어쩌나 하는 걱정이 앞섰다.

―할머니, 엄마가 돌아오면 우리가 이사 간 집을 어떻게 찾지?

―엄마는 오지 않을 테니 염려 마라.

할머니는 이미 알고 있다는 식으로 단호하게 말했다.

밥이나 겨우 해 먹을 정도의 좁디좁은 부엌에 진흙으로 바른 부뚜막엔 양은 솥이 걸려 있는 게 구질구질하고 고리타분해 보였다. 작은 한 칸짜리 방에는 덮고 자는 이불이 한쪽 구석에 쌓여 있을 뿐이었고 옷장도 하나 없었다.

복작대는 시장 골목 작은 방에서 살려니 답답하고 지루해서 못 견딜 것 같았다. 살림집만 있는 동네가 아니어서 내 또래 아이들이 없는 것이 아쉽기도 했지만, 한편으로는 아이들이 없어서 들통날 것도 없으니 가난해도 창피하지 않아 다행이라는 생각도 들었다.

새벽이면 두부 장사가 종을 치며 지나갔다. 종소리가 가깝고도 크게 들렸다. 종소리만큼 두부 장사의 발걸음도 빨랐다. 두부 장사가 지나가고 나면 장꾼들이 부산 떠는 소리에 늦잠은 엄두도 내지 못했다. 누나가 학교에 가고 할머니도 장사하러 나가고 나면 나는 너무 심심해서 밖으로 쏘다녔다. 빈집에 들어가 봐야 점심이 기다리고 있는 것도 아니어서 무작정 거리를 헤매고 다니는 하루해가 너무 길었다.

갓 뽑은 실국수 가락을 회초리만 한 작대기에 걸어서 말리는 국수 방앗간 앞에서 간혹 바람에 날려 떨어진 날국수 가락을 몰래 집어서 먹었다.

할머니는 끼니를 마련하느라고 시장 입구에서 수수전병을 부쳐 팔았다. 저녁이면 겨우 쌀 한 됫박을 사 들고 돌아왔다. 할머니가 물에 불린 수수를 맷돌에 갈 때면 나도 옆에서 도와야 했다. 할머니는 큰 함지박 한가운데에 무거운 맷돌을 앉혀놓고 오른팔로 맨손(손잡이)을 잡고 돌리면서 왼손으로는 물에 불린 수수를 한 국자씩 떠서 맷돌 아귀에 넣었다. 보기에 신기하고 재미있을 것 같아서 나도 돌리겠다고 덤벼들었다. 할머니를 따라 돌려봤지만 돌리는 게 아니라 끌려다녔다. 그래도 있는 대로 힘을 써보았더니 그런대로 맷돌이 돌아갔다. 나중에는 싫다고 해도 할머니는 어린 나에게 자꾸 맷돌을 돌리라고 호소했다. 많이 돌리다 보면 요령이 생겨서 무거운 맷돌도 잘 돌아갔다. 하도 많이 돌려서 늘 손바닥에는 돌같이 딱딱한 굳은살이 박혀 있었다.

어린 나이에도 불구하고 눈치는 빨해서 차마 안 돌리겠다는 말은 하지 못했다. 맷돌 돌리는 일이 끝나면 어딘가 마음 한구석에서 뿌듯함이 솟아나곤 했다. 지금 생각하면 그때는 되게 힘들었는데 그래도 그때가 행복했다.

저녁상을 물리고 나면 누나는 부엌에서 설거지를 하고 할머니는 아랫목에 앉아서 담배를 피우셨다. 장죽으로 뻐끔뻐끔 연기를 내뿜었는데 어린 내 눈에는 연기를 마신다는 게 이해가 되지 않았다. 할머니는 연기를 뿜다가도 땅이 꺼질 것 같은 긴 한숨을 내쉬었다.

—할머니, 담배는 왜 피워?

—속상해서 피는 거야.

—담배가 무슨 맛인데?

—구수하단다.

정말 그런가 하고 나도 한 모금 빨았다가 쓰디쓴 맛에 콜록콜록 기침이 나와서 뒤로 나자빠졌다.

어린 마음에도 할머니 풍년초 쌈지 담배가 떨어지면 안 된다는 생각에 꽁초를 주우러 다녔다. 꽁초는 시장 골목보다는 한길에 나가야 온전한 꽁초를 줍기가 쉬웠다. 나중에는 할머니가 양키 담배꽁초 맛이 더 좋다고 해서 멀리 미군 비행장까지 나가 럭키 스트라이크 담배 꽁초를 주웠다.

할머니는 베이킹소다를 소화제 대신 먹었다. 속이 얹히거나 더부룩하면 어김없이 베이킹소다를 찾았다. 베이킹소다를 한 숟갈 떠서 입에 넣고 물 한 모금을 마시면 속이 뻥 뚫린다고 했다. 나는 먹어보지 않아서 알 수 없었으나 할머니의 표현으로 미루어보면 하수구 뚫리듯이 시원하게 내려가는 것 같았다.

## 09
⋮

시장통에서 놀다가 자물쇠를 가슴에 잔뜩 매달고 "미제 자물통이요, 미제 자물통이요!" 하면서 다니는 아저씨가 나타나면 심심하던 마음이 갑자기 들뜨기 시작했다. 아저씨 차림새가 재미있어서 뒤를 졸졸 따라다니면서 "미제 자물통이요!" 하고 따라 외쳤다.

아저씨는 카우보이모자를 쓰고 자물통이 주렁주렁 매달린 조끼를 입고 있었다. 양손에는 자물통이 잔뜩 달린 빨래판만 한 송판을 들고 다녔다. 걸어갈 때마다 절거덩대는 소리가 나서 재미있고 신기해 보였다.

아저씨는 가라고 쫓지도 않았고 오히려 따라다니는 나를 귀여워해 주었다. 그렇다고 얻어먹는 것이 있는 것도 아니었지만, 다른 사람들처럼 나를 얕잡아보고 눈을 부라리며 쫓아버리지 않는 것만으로도 나는 아저씨가 좋았다. 한바탕 아저씨를 따라다니다 보면 한나절이 금세 지나갔다. 시장 골목은 풀방구리에 쥐 드나들듯 불티나게 드나들던 터라 눈감고도 훤했다.

끼니를 아끼느라고 저녁에는 아욱죽을 쑤어 먹었고 보리밥일망정 밥을 아침에만 먹었기 때문에 점심은 걸러야 했다. 늘 그런 것은 아니었지만, 가끔 누나가 학교에서 원조 물자로 우유 가루를 받아오기도 했는데 한꺼번에 먹으면 설사한다고 부엌에 감춰두고 조금씩 꺼내주었다. 누나가 학교에 가고 없을 때면 몰래 부엌에 들어가 우유 가루를 훔쳐 먹었다. 몇 안 되는 살림살이라 찾아볼 것도 없이 냄비 뚜껑만 열면 거기에 우유 가루가 있었다. 몇 숟갈 떠먹고 흔적이 안 남게 슬쩍 흔들어 놓았다.

가끔가다가 점심을 굶는 나를 보고 불쌍하다면서 안집 아주머니가 밥을 주는 때도 있었다.

안집 마당에는 흰둥이가 한 마리 있었는데 줄에 매인 흰둥이는 배가 풍선만큼 뚱뚱했다. 나와 달리 흰둥이는 배불리 먹었다. 개밥그릇에 밥이 남아도는 거로 봐서 늘 배가 부르리라 짐작했다.

할머니 말로는 흰둥이가 벙어리가 돼서 짖지 못한다

며 곧 새끼를 낳을 거라고 했다. 아닌 게 아니라 흰둥이
는 짖지도 않았고 순하기만 해서 나만 보면 꼬리를 흔들
었다. 그런 흰둥이가 새끼를 낳았다. 자그마치 다섯 마
리나 되는 새끼들이 눈도 못 뜨고 입을 오물거리며 어미
품으로 기어들었다. 나는 흰둥이 옆에 쪼그리고 앉아서
새끼들이 어미 젖을 무느라고 파고드는 모습이 귀여워
서 넋을 잃고 지켜보았다.

안집 아주머니는 새끼를 낳은 흰둥이에게 미역국을
끓여다 주었다. 그것도 커다란 양재기에 넘칠 듯 가득
담아주었다. 미역국에 말아놓은 흰쌀밥을 맛있게 먹는
흰둥이가 부러웠다.

나는 흰둥이가 좋아서 틈만 나면 쓰다듬어 주었다. 흰
둥이도 내가 아이라는 것을 알고 그냥 능구렁이처럼 꼬
리를 흔들면서 같이 좋아했다. 다섯 마리나 되는 새끼가
귀여워서 쓰다듬어주면서 안아도 보았다. 새끼 강아지
들은 엄마 품으로 파고 들어가 젖을 물고 빨았다. 엄마
젖을 빠는 강아지들이 한없이 부러웠다.

한번은 할머니가 수수전병을 부쳐 파는 곳에 가보았

다. 시장 초입에서 풍구 위에 무쇠 솥뚜껑을 뒤집어놓고 그 위에 다 익은 수수전병 두어 개를 놓고 앉아 있었다. 나는 할머니 옆에 쪼그리고 앉아서 지나다니는 사람들도 구경하면서 네모난 작은 풍구 아궁이에 대고 부채질도 해댔다. 할머니는 불이 너무 세다며 그만 부치라고 말렸지만, 그래도 자꾸 부쳤다. 수수전병은 누리끼리하게 눌어붙으면 팔 수 없게 되고, 그렇게 되면 내가 먹을 수 있을 것 같아서 그랬다. 먹고 싶었지만 먹고 싶다고 말할 형편이 못 된다는 것쯤은 알고 있었다. 할머니는 내 속을 미주알고주알 다 들여다보는 것 같았다. 수수전병 하나를 주면서 먹고 집에 들어가라고 했다.

## 10
·
·
·

시장통에서 살면서 계절이 바뀌었다.

할머니는 하루도 쉬지 않고 수수전병을 부쳐서 팔았다. 부침개 장사를 하다가도 비가 내리면 곧바로 거둬들여야 했다. 비 오는 날이 쉬는 날이었다. 비가 며칠씩 계속해서 내리면 할머니는 시장 구석구석을 돌아다니면서 푸성귀며 버리는 생선을 주워 왔다. 어린 마음에는 쓰레기를 주워 들고 오는 할머니가 창피했다.

어느 날, 할머니가 일에 지쳤는지 힘들어하더니 아랫목에 자리를 펴고 누웠다. 배가 아파서 죽겠다고 했다. 할머니가 아프다고 하는 게 이번이 처음은 아니었다. 전에도 그러다가 곧 일어나곤 했었다. 하지만 이번만큼은 달라 보였다. 그동안 할머니는 먹지 못해서 성냥개비처럼 말라 있었다. 뼈에 가죽만 붙어있는 것 같은 할머니의 여윈 모습이 낯설었다.

내가 보기에도 무척 아파 보였다. 겁이 나고 걱정도

소년은 알고 싶다

돼서 할머니 곁에 앉아 이마 위에 놓인 물수건을 갈아 주었다.

―할머니, 아프면 안 돼…….

할머니가 아프니까 속상했다. 물 한 대접과 베이킹소다를 갖다 드렸으나 소다를 삼키면 곧바로 다 토해냈다. 끙끙거리며 앓는 소리를 냈다. 할머니가 아프면 큰일이라는 생각에 두렵고 무서웠다. 할머니 다리를 주물러드렸다. 여느 때 같으면 다리를 주물러드리면 시원하다고 하면서 피로가 다 풀리는 것 같다고 하셨을 텐데 오늘은 오히려 귀찮아했다. 할머니는 배 아픈 걸 오래 참다 못해서 기진맥진한 채로 까부라졌다. 앓는 소리마저 내지 못했다. 이러다가 돌아가실 것 같다는 방정맞은 생각도 들었다. 어린 내가 할 수 있는 일은 돌아가신 할아버지에게 할머니를 낫게 해달라고 속으로 비는 것뿐이었다.

며칠째 끙끙 앓고만 있는 할머니를 보다 못한 안집 아주머니가 누나를 불러내 가르쳐주었다.

―동사무소에라도 가서 물어봐, 극빈 가정 담당자가 어떻게 해주

*겠지.*

춘천 도립병원으로 실려 가는 할머니는 마치 한여름 뙤약볕에 시든 호박잎처럼 축 늘어져 몸을 제대로 가누지 못했다. 구급요원이 가벼운 부대 자루 옮기듯 할머니를 마음대로 눕히고 들고 나갔다. 의사 선생님은 위에 혹이 많이 퍼졌다면서 치료할 상황이 아니라고 했다.

할머니는 집에서 물 한 모금 마시지 못하고 며칠을 굶은 채로 누워만 있었다. 정신이 희미한지 눈을 뜨다 말다 했다. 나는 두 손으로 할머니의 주름진 가냘픈 손을 꼭 잡았다.

　— 할머니, 죽으면 안 돼.

할머니는 말이 없었으나 손은 따스했다.

## 11

> ⋮

　할머니가 위독하다는 소식을 듣고 서울 사는 큰고모와 작은고모가 달려왔다. 미음을 숟갈로 떠서 몇 모금 드시게 했고 꿀물을 타서 드려도 보았다. 할머니의 손을 잡고 슬프게 울었다. 고모들이 하는 소리를 들어보면 오늘 밤을 넘기지 못할 것 같다고 했다. 방이 좁아서 다 같이 잘 수 없다면서 작은고모는 막내 고모 집으로 갔고 큰고모는 좁은 방에 끼어서 같이 잤다.

　잠결에 두런두런하는 소리가 들려서 깨어났다. 멀리서 야경꾼의 딱딱이 소리가 들렸다. 불 꺼진 방이었으나 창문으로 들어오는 달빛 때문에 사물을 분간하지 못할 지경은 아니었다. 할머니는 내가 잠들었다고 여겼던 모양이다. 말하기조차 힘들어 끙끙거리면서도 큰고모에게 무언가를 다짐하고 있었다. 내 이야기를 하는 바람에 귀가 솔깃했다. 할머니는 숨이 차서 겨우 몇 마디 하다 말았다.

―병호만큼은 네가 맡아서 공부시켜야…….

할머니가 신신당부하는 얘기를 엿듣고 말았다. 가슴이 미어질 듯 아팠다. 슬퍼서 눈물이 흘러내렸지만 자는 척하느라고 움직이지도 못했다.

소년은 알고 싶다

## 12

아랫목에는 큰고모와 작은고모가 앉아 있었고, 막내 고모는 다리를 쭉 펴고 마주 보며 반은 누워 있었다. 누나와 나는 방문 앞에 쪼그리고 앉아서 어른들이 나누는 이야기를 듣고만 있었다.

어린 조카들을 누가 맡아서 기를 것이냐를 놓고 의논하는 중이었다. 걱정과 동정이 뒤섞이면서 현실과 미래를 저울질하는 미묘한 분위기만 맴돌았지, 누구도 선뜻

나서지 않았다. 나는 방에 아직도 할머니의 혼령이 남아 있을 거라고 믿었다. 틀림없이 할머니의 혼령이 고모들의 이야기를 듣고 있을 것이다. 할아버지가 돌아가셨을 때 "우리는 혼령을 볼 수 없어도, 할아버지는 우리를 다 보고 있다."라고 하시던 할머니의 말이 생각났다.

느닷없이 막내 고모가 누나와 나를 보고 말했다.

—너희들은 밖에 나가 있어야겠다.

나는 밖에 나가고 싶지 않았으나 고모들이 쳐다보는 눈빛이 예사롭지 않아서 마당으로 밀려 나왔다. 밖이라고 해봤자, 그까짓 창호지 한 장 바른 방문은 닫으나 마나 한 문이었다. 고모들이 나누는 이야기가 다 새어 나왔다. 마음이 두근거리고 불안했다. 툇마루에 나란히 앉아서 방에서 흘러나오는 소리에 귀 기울였다. 누나가 긴박한 뉴스를 경청할 때처럼 숨까지 죽여가면서 방문에 귀를 대고 한마디도 놓치려 들지 않는 바람에 나도 덩달아 긴장하면서 마음을 졸였다.

처음부터 막내 고모는 시부모님을 모시고 사는 형편이어서 아이들을 맡을 수 없다고 했다. 작은고모도 누

　　　　　　　　　　소년은 알고 싶다

나 하나면 몰라도 둘은 안 된다고 버텼다. 마치 우리 남매가 짐짝인 양 이리 넘어갔다가 저리 넘어갔다 하는 게 싫었다. 나는 큰고모 집으로 가고 누나는 작은고모 집으로 가기로 이야기가 끝나갔다. 문밖에서 고모들의 이야기를 듣던 누나가 갑자기 방문을 확 열고 큰 소리로 울부짖었다.

―난 병호하고 떨어져서 살 수 없어요. 같이 살아야 해요.

그러면서 누나는 큰 소리로 울었다. 갑작스럽게 돌변한 누나의 발끈하는 목소리에 고모들은 놀란 눈을 크게 뜨고 우리 남매를 바라보았다. 문 앞에 서서 울고 있는 누나의 모습이 날개가 부러진 새처럼 초라해 보였다.

## 13

⋮

    누나와 나는 큰고모를 따라 남춘천역으로 향했다. 여름 장마가 시작되기 전날이었다. 각자 짐을 한 보따리씩 이고 줄을 서서 이사 가는 개미들처럼 큰고모를 따라갔다. 큰고모는 커다란 짐을, 누나는 보퉁이를 이고 나는 작은 보자기 짐을 들고 걸었다. 좁은 역사에는 그런대로 사람들이 꽤 많았다. 큰고모가 끊어준 청량리 가는 편도행 반표를 들고 역사를 빠져나왔다. 철길이 한없이 먼 곳까지 곧게 뻗어있는 게 신기하게 보였다. 멀리 직선으로 뻗은 철길 끝자락에서 기관차가 달려오고 있었다.

    덩치 큰 검은 열차가 굴뚝에서 시커먼 연기를 내뿜으며 플랫폼으로 들어왔다. 그동안 기차를 먼발치에서만 보았지, 코앞에서 보기는 처음이었다. 멀리서 보고 짐작했던 것보다 엄청나게 커서 놀랐다. 기관차 바퀴가 내 키보다 더 커서 입이 딱 벌어졌지만, 촌놈이라고 할까봐 겉으로 놀란 티를 내지는 못했다.

큰고모는 기차를 여러 번 타봐서 익숙한 듯했다. 짐은 선반에 올려놓고 나는 창가에, 누나는 가운데에 끼어 앉았다.

녹색 비로드로 감싼 의자는 폭신폭신하고 감촉이 좋았다. 엉덩이로 살살 점프해 보았다. 재미가 쏠쏠했다. 누나가 하지 말라고 넓적다리를 꼬집는 바람에 아팠지만, 소리도 지르지 못하고 창밖만 내다보았다.

기차가 달리는 동안 창밖으로 전봇대가 일정한 간격으로 스쳐 지나갔다. 철길에서도 똑같은 간격을 두고 '철커덩! 철커덩!' 달리는 소리가 들렸다. 단조로우면서도 리드미컬한 철길 소리는 음악을 들을 때처럼 내 마음을 차분히 가라앉혀주었다. 연기를 뿜으며 달리는 기차가 구부러질 때면 뱀처럼 길고 거무튀튀했다. 처음 타보는 기차가 재미있고 신기하기만 했다. 커브를 돌 때는 멀리 앞서가는 기관차가 보였는데 화통에서 흰 연기를 내뿜으며 달리는 기차에 내가 타고 있다는 게 믿어지지 않았다.

## 14

청량리역은 어수선하고 북적거렸다. 나는 큰고모의 뒤꽁무니를 졸졸 따라갔다. 역사를 빠져나오는데 사람들이 북새통을 이뤄서 까딱 잘못하다가는 큰고모를 잃어버릴 뻔했지만, 시장통에서 단련된 노하우가 있어서 끄떡없었다. 큰고모와 누나는 커다란 보따리를 이고 앞장서서 걸었다.

역 앞 광장 한편에 모여서 손님을 기다리던 지게꾼들이 우르르 고모에게 몰려왔다. 고모가 이고 있는 커다란 짐을 어디까지 가느냐며 빼앗으려고 들었다. 고모는 조기서 전차를 탈 거라며 지게꾼들을 밀어냈다. 전차 타는 곳이 빤히 보였다.

그림으로만 보았던 전차가 눈앞에서 지나가는 게 신기했다. 전차 지붕 위에 빨랫줄을 받쳐주는 장대 모양의 삐쭉 뻗어 나온 작대기 끝자락에서 전깃불이 번쩍번쩍 스파크를 일으켰다. 전차는 경적을 하도 많이 울려서 목이 쉬어 있었다.

큰고모가 전차에 무거운 짐을 싣느라고 끙끙거리는데도 아무도 도와주지 않았다. 모두 쳐다만 보고 그냥 지나쳐 갔다. 춘천 같았으면 어른들이 도와주었을 것을, 서울 사람들은 인심도 야박하고 인정머리가 없어 보였다.

전차를 타고 가는 것이 신나고 재미있기는 했지만, 기차만큼 달리지 못해서 지루하다는 느낌도 들었다. 빨리 달리는 것도 아니면서 그렇다고 느린 것도 아니었다. 가다 서기를 반복하면서 목쉰 소리로 경적을 울려댔다.

## 15.
**⋮**

동대문에서 내린 큰고모는 창신동 고개를 향해서 걸어 올라갔다. 고갯길이 계단을 오르는 것처럼 가팔라서 숨이 턱까지 차올랐다. 나무 하나 없는 민둥산 고갯길 양편으로 여러 개의 우물이 있었는데 물을 길어가는 사람은 없었다.

이상한 것은 우물마다 둥근 나무 널빤지 뚜껑을 덮어놓았고 그것도 미덥지 못했는지 자물통으로 채워놓은 것이었다. 우물도 주인이 있는 것 같았다. 열려있는 우물을 들여다보면 물은 바닥에 조금밖에 없어서 두레박으로 물을 박박 긁어 담고 있었다.

고모는 우물이 일곱 개가 있어서 칠형제 우물이라고 부른다면서 서울은 물을 사서 먹는다고 했다. 물을 사서 먹는다는 이야기에 생뚱맞다는 생각이 들었다. 춘천에는 물이 지천인데……. 물도 돈을 주고 사 먹는다고?

소년은 알고 싶다

큰고모 집은 삼선초등학교에서 올려다보이는 산동네에 있었다. 이웃에는 무허가 집들이 마구잡이로 들어서 있었고 짓다 만 집도 보였다. 그나마 큰고모 집은 집 장사가 지은 흙벽돌집이어서 집들이 엇비슷하게 생겼다. 연탄 지게를 지고 겨우 빠져나갈 만한 꼬불꼬불한 좁은 골목을 올라갔다. 고만고만한 집들이 연이어 나왔다. 대문도 없고 울타리도 없었다. 큰고모부가 없는 집은 안팎으로 미처 손길이 닿지 못한 곳이 많아서 벽에 금이 갔거나 시멘트 조각이 떨어져 나간 곳도 보였다. 집 앞쪽의 벽에는 다 타버린 연탄재가 쌓여 있었다.

큰고모 집은 수도가 없어서 아랫동네 우물에서 물을 길어다 먹었다. 누나는 식모는 아니지만, 청소도 하고 걸레질도 하고 설거지도 했다. 연탄불 가는 것과 물을 길어오는 건 누나의 몫이었다.

아랫동네에 가면 넓고 큼지막한 공동 우물이 있는데 수량이 풍족해서 언제든지 물을 길을 수 있었다. 누나는 물지게를 지고 언덕을 오르내렸다. 힘에 부쳐서 반초롱씩만 지고 올라왔다. 부엌에 커다란 항아리가 있어서 늘 물을 가득 채워놓아야 했다. 누나가 불쌍하고 애처로워 보였지만 도와줄 수도 없었다.

.

소년은 알고 싶다

## 16

큰고모부는 전쟁통에 돌아가셨고 큰고모 혼자서 동대문 시장에서 장사하면서 아들 둘을 키우고 있었다. 고종사촌 형이 둘이 있었는데 작은형은 막 중학교에 입학했고 큰형은 중학교 졸업반이었다. 형 둘이서 방 하나를 같이 쓰고 있었는데 나까지 끼어드는 바람에 좁고 갑갑한 것만 아니라 형들의 눈총도 따가웠다. 함부로 까불어서는 안 된다는 암시라도 받은 것처럼 머릿속에 불이 들어왔다. 형들은 어른처럼 커 보였고 형들 근처에는 다가가기도 어려웠다. 형들은 나 같은 건 상대해주지도 않았지만, 어쩌다가 한 번 눈이라도 부라리면 무서웠다. 큰소리라도 들을라치면 가슴이 두근두근 떨렸다. 나는 형들의 눈치만 보면서 겉돌았다. 나만 그런 게 아니라 누나에게는 더 큰소리를 쳐 대서 누나는 큰고모 집이 싫다고 했다.

할아버지, 할머니가 살아계실 때는 형들이 우리 집에

왔었는데, 그때는 형들이 나를 귀여워해 줘서 내가 형들한테 매달려 같이 놀기도 했었다. 그러던 형들이 달라져도 너무 달라져 있었다.

큰고모네는 내 편이 없어서 슬펐다. 서울은 궁금한 것도 많고 물어보고 싶은 것도 많았지만, 입을 다물고 가만히 있는 것부터 배워야 했다. 알고 싶은 마음을 포기하게 만드는 보이지 않는 힘 같은 게 도처에 도사리고 있었기 때문이다. 큰고모 집에 살면서 터득한 것들이 있는데 형들과 마주치면 먼저 눈빛을 피해야 한다. 말대꾸해서는 안 된다. 빤히 쳐다봐도 안 된다. 먹으라고 하면 사양부터 해야 하고, 묻는 말에는 잘 모른다고 하고 그다음에 말을 해도 늦지 않다. 누가 시키지도 않았지만, 충돌 없이 살아가려면 마음이 내키지 않더라도 그렇게 해야만 한다는 것을 온몸으로 터득해 갔다. 형들은 한 번도 내 편이 되어줘 본 적이 없었다.

어쩌다 누나하고 나하고 단둘이만 있을 때면 누나는 이렇게 말했다.

—너는 공부 열심히 해야 해. 그래서 **훌륭한 사람이 돼야 해.**

―훌륭한 사람이 뭔데?

―훌륭한 사람은 돈을 많이 버는 사람이야. 돈을 많이 벌어서 부
　자가 되는 거야.

그러면서 두 팔을 벌려 이만큼이라고 보여주었다.

그때부터 나는 어서 커서 돈을 많이 벌어야겠다고 마
음먹었다.

누나는 같은 집에서 살아도 마주치기조차 어려웠다.
누나는 늘 부엌에 있었고 나는 방에서 나오지 않았다.

## 17

⋮

큰고모의 수양 언니는 남편이 중앙청 고위직이라고 했다. 큰고모가 춘천에서 학교에 다니던 시절에는 수양 언니, 동생이 유행이었단다. 큰고모의 수양 언니라는 여자를 나도 본 적이 있는데 희고 곱상한 얼굴에 주근깨가 도드라져 보였고, 테가 없는 안경을 끼고 있어서 교양 있는 여자처럼 보였다. 말할 때나 웃을 때면 송곳니를 감싼 금빛이 번득이면서 부티도 흘렀다. 딸이 둘인데 모두 공부를 잘해서 경기 여고에 다녔다. 큰고모는 딸들이 혜화 초등학교를 졸업한 덕에 경기 여자 중학교에 들어갔다고 했다.

당시에는 타 동네에 있는 학교에 입학하는 것이 금지되어 있었기에 큰고모는 수양 언니네 집 주소를 빌려서 나를 학군이 다른 혜화초등학교에 입학시켜주었다. 나는 어떤 초등학교가 좋은지 알지 못했으나 고모가 하라는 대로 가까운 학교가 아니라 먼 혜화초등학교에 다녔

소년은 알고 싶다

다. 삼선교를 지나 성북동 고개를 넘어서 학교까지 걸어가는 길은 나에게 먼 길이었다. 그러나 등하굣길보다 더 싫었던 것은 같은 반 애들이 나를 보는 시선이었다.

반 애들은 모두 혜화동 아니면 명륜동에 살아서 유대감으로 친하게들 지내고 있어서 내가 끼어드는 걸 바라지 않았다. 그렇다고 반 애들이 나를 따돌리는 건 아니었지만 나도 무턱대고 끼어드는 성격이 못 되었다.

하굣길에 아이를 데리러 오는 엄마도 있었는데 그런 아이를 보면 부럽고 샘이 났다. 아이들과 놀다가도 혼자 집으로 터덜터덜 걸어갈 때면 엄마 생각이 나서 슬펐다.

책가방을 등에 멘 초등학생인 내가 집까지 걸어가기에는 너무 먼 길이었다. 걷다 걷다 다리가 너무 무거워서 쉬었다 가기도 했다. 어쩌면 엄마가 춘천 옛집에 찾아왔다가 허탕 치고 돌아갔을지도 모른다는 생각을 하면서……

## 18
⋮

    저학년을 벗어나면서부터 나와 반 애들을 확연히 갈라놓는 건 따로 있었다. 점심시간은 도시락을 싸 온 아이들과 안 싸 온 아이들이 구분되는 시간이었다. 도시락을 안 싸온 아이들은 명륜동 보육원에서 다니는 아이들과 나뿐이었다. 나는 보육원생들과 함께 원조 물자인 우유 배급을 받아먹어야 했다. 우유 배급은 미국에서 영양실조 아이들을 위해 보내준 구호물자로 골판지 드럼통에 들어있었는데, 점심을 못 싸온 아이들에게 나눠주었다.

    때때로 돈을 내야 하는 학과 준비물인 '오늘의 공부'라든지 '그림일기' 같은 것도 제대로 챙기지 못했다. 담임선생님은 남자였는데 기성회비를 내지 못하는 보육원 아이들이나 나에게는 눈길조차 주지 않았다.

    우리 반은 학생이 80명도 넘어서 바글바글했다. 미술시간이라고 해도 밖에 나가서 사생은 엄두도 내지 못하고 각자 알아서 그리라고 했다. 나는 물지게를 지고 가는 누나를 그렸는데 선생님이 그 그림을 게시판에 붙여놓았다. 아이들은 재미있다고 했지만, 나는 창피해서 떼어버렸으면 했다. 괜히 그렸다고 후회했다. 마치 스스로 가난을 폭로한 것 같아서 자존심이 상했다.

3학년까지도 남자아이와 여자아이가 짝을 지어서 앉았다. 잘사는 집 아이들은 점심시간에 도시락 뚜껑을 열면 반찬이 달랐다. 삶은 달걀 한 알이 통째로 들어 있는 아이도 있었고, 귀한 김밥을 싸 오는 아이도 있었다. 보육원에서 다니는 아이들을 빼면 우리 반에서는 내가 가장 가난한 아이였다.

큰고모는 동대문 시장에서 장사하면서 고등학교에 다니는 아들을 뒷바라지하느라고 나는 있는지, 없는지 관심조차 두지 않았다. 너무 가난해서 목욕탕에는 1년에 한 번, 설 바로 전날에만 다녀왔다.

내 짝이었던 여자아이 경옥이는 대놓고 말은 하지 않았지만, 나와 짝을 한다는 걸 싫어하는 것 같은 눈치였다. 책상에 앉아 있으면 나 몰래 내 등 뒤에 코를 대고 냄새를 맡기도 했다. 나도 눈치를 챘지만, 아는 티라도 냈다가는 경옥이가 민망해할까 봐 아는 체하지 않았다. 사실 그보다도 숫기가 없어서 대놓고 말하지 못했다.

한 번은 경옥이가 어디서 구린내가 난다면서 코를 킁킁대며 야단법석을 떨었다. 앞뒤 의자에 앉아있던 아이들이 나만 쳐다보았다. 나는 아닌데, 갑자기 가슴이 두근대면서 얼굴이 달아올랐다. 정말 나는 아닌데 어쩔 수 없이 범인으로 몰리고 말았다. 나중에 내가 아니라고 말했지만 아무도 믿어주지 않았다.

# 19

...

나는 거주 지역 학교가 아니라 다른 지역에서 학교에 다닌다는 걸 감추기 위해서 늘 거짓말을 해야 했다. 거짓말을 하면서도 탄로 날까 봐 불안했다. 집 주소를 거짓으로 대야 했고, 고모가 엄마라고 거짓말을 해야 했다. 아이들로부터 따돌림을 당할까 봐 가난하다는 것도 숨겼다. 자질구레한 거짓말을 많이 하다 보면 어느 때는 내가 거짓말을 했는지조차 모두 기억하지 못했다. 또 어느 때는 거짓말이 내 머릿속에서 참말로 둔갑해서 그렇다고 믿고 거침없이 말하기도 했다.

남들에게는 감춰야 하는 비밀도 누나에게는 비밀이 아니었다. 누나 앞에서는 다 털어놓고 까발려도 부끄러울 게 없었다. 그렇게 거짓말하면서 사는 게 비참하다거나 슬프다고 생각하지는 않았다.

사람은 가난하게 살다 보면 점점 약아지기 마련이다. 학교에 가면 없는 것도 지어서 말하곤 했고, 가능하면

부풀려서 말했다. 억지로 거짓말해서 얻어낸 돈으로 '또 뽑기'(해설 참조)를 하면서 아슬아슬한 기분을 맛보았다. 거짓말이 일상이었지만 죄가 된다고 생각해본 적은 없었다.

나는 뚜렷한 존재감이 없는 아이여서 특별히 선생님 눈에 띄지 않았다. 사실 그보다는 선생님이 내게 관심이 없을 뿐만 아니라 나를 아예 무시했다.

5학년 때의 일이다. 담임 선생님이 새로 전학 온 아이를 소개하면서 나를 뒷자리로 옮겨 앉게 하고 전학 온 아이를 내 자리에 앉혔다. 졸지에 자리를 물려줘야 하게 된 나는 얼굴이 붉어지면서 화끈한 모멸감을 느꼈다. 물러나기가 싫었고, '나는 뭐지?' 하면서 자존감이 무너지는 느낌이었다.

분하고 억울했으나 선생님의 한마디에 항의는 엄두도 내지 못했다. 선생님은 학생들을 자기 마음대로 취급해도 되는 애완동물처럼 생각하는 것 같았다.

새로 전학 온 아이는 살도 포동포동하고 옷도 잘 입어서 부잣집 아이처럼 보였다. 선생님은 부잣집 아이를

소년은 알고 싶다

좋아하는 게 분명했다. 무심한 선생님의 한마디가 나의 자존심을 바닥까지 추락시켰다는 걸 선생님은 모르는 것 같았다.

보는 애들도 많아 창피하기도 하고 기분도 몹시 상했다. 그날은 교장 선생님이 반에 들러서 새로 전학 온 아이가 잘 적응하는지 지켜보기도 했다.

나중에서야 알게 된 사실이지만, 그 아이는 아버지가 지방에서 국회의원에 당선되는 바람에 우리 학교로 전학 오게 되었다고 했다. 아버지가 국회의원일 뿐인데 아이까지 의원 대접을 받는 것 같아서 보기 싫었다.

(해설: '또뽑기'는 초등학교 앞 길가에 자리를 펴고 앉아서 아이들을 상대로 하던 장사였다. 1950~60년대, 궁핍하던 시절에 흔히 볼 수 있었던 어린이 게임 중의 하나이다. 작은 양재기에 설탕 가루를 담아 연탄불에 올려놓으면 설탕이 녹아 액체가 된다. 액체를 철판 위에 부으면 얇은 설탕 판이 되고, 설탕 판이 꾸덕꾸덕할 때 원하는 모형 틀로 찍어내면 설탕 동물도 되고 별, 달도 된다. 설탕 상품이 만들어지는 것이다.

'또뽑기'는 설탕 판으로 만든 아주 조그맣고 얇은 아령 모양의 '또뽑기' 틀을 혀로 핥아서 아령 모형을 살려내는 데 성공하면 상품을 받는 게임이다.)

## 20

 ⠿

중학교에 입학할 때는 추운 2월이었다. 입학 통지를 받고도 한동안 학교에 가지 않았다. 방학은 아니었지만, 중학생이 되기 위한 준비 기간이라는 게 있어서 교복도 맞추고 모자도 썼다. 머리도 박박 깎았다. 큰고모가 가방도 새것으로 사 주었다. 교복은 종로 화신백화점 맞은편에 있는 신신백화점 학생복 전문점에서 맞췄다. 명찰은 화신백화점 5층 플라스틱 코너에서 맞춘 한문으로 이름을 쓰고 겉을 플라스틱으로 밀봉한 명찰이었다.

뜻밖에도 내가 중학교에 입학하던 날, 누나는 집을 나갔다. 설거지를 더러운 물로 꼴짝거린다는 둥, 오빠 방 걸레질은 왜 안 했느냐는 둥 지금껏 그냥 지나쳤던 일들을 오늘따라 한꺼번에 몰아서 야단맞고 그길로 집을 나간 누나는 돌아오지 않았다. 여느 때 같으면 집을 나갔다가도 곧잘 들어오곤 했는데 이번에는 달랐다. 하루가 지나고 이틀이 지났는데도 오지 않았다. 나는 걱정

도 됐지만, 한편으론 고소하기도 했다. 누나가 집을 나
간 다음부터 청소며 설거지를 큰고모가 손수 해야 했
다. 고모는 일할 때마다 신경질을 부렸다. 그렇다고 분
노와 복수심으로 집을 나가버린 누나가 돌아올 리는 없
었다.

그때부터 물 긷는 일과 연탄 가는 일은 내 담당이 되
고 말았다. 아랫동네의 커다란 공동 우물가는 늘 아낙
들로 붐볐다. 어른들은 우물 가장자리에서 누가 빨래를
했다느니, 해서는 안 된다느니 하면서 언성을 높이는 일
이 비일비재했다. 우물은 넓고 물은 깊지 않아서 두레박
으로 두세 번만 끌어 올리면 금세 올라왔다. 겨울에는
강가의 물안개처럼 우물에서도 김이 무럭무럭 나는가
하면 치솟는 온천수처럼 물이 풍부했다. 아무리 가물어
도 말라붙는 일이 없었다. 여러 가구가 우물 하나에 의
존해서 살아가는 거로 봐서 물 하나만큼은 복 받은 게
틀림없었다. 다른 동네에서는 물 때문에 고생이 많던 시
절이었으니까.

두레박으로 물을 퍼 초롱에 담고 물지게를 지고 산동

네 언덕을 올라가려면 숨이 턱까지 차올랐다. 가다가 물지게를 내려놓고 잠시 쉬기도 했다. 언덕 아래로 삼선초등학교가 보였다. 울타리도 없는 넓은 운동장에서 아이들이 공을 차며 놀고 있었다.

하루도 빠지지 않고 물을 두 지게씩 지어 날랐다. 물지게 멜빵이 어깨를 짓눌러서 키가 줄어드는 것 같았다. 그동안 누나는 이 무거운 물지게를 어떻게 지어 날랐을까 하는 생각이 들곤 했다.

물지게를 지는 일이 익숙하지는 않았으나 그런대로 요령이 생기면서 어떻게 하면 힘이 덜 드는지 터득해 나갔다. 하지만 추운 겨울날 물지게를 지고 언덕길을 오르내리는 것은 물지게를 지고 미끄럼틀을 타는 것처럼 위험천만했다.

소년은 알고 싶다

## 21

⋮

어쩌다가 춘천에서 막내 고모가 오면 고모들은 안방
에 모여 앉아서 뭐가 그리도 재미있는지 시간 가는 줄
모르고 큰 소리로 천박하게 웃고 떠들었다. 형들은 저
녁 늦게 들어오기 때문에 나 홀로 건넌방에 있었다. 나
는 유별나게 눈치가 발달해 있었는데 눈치가 발달하려
면 먼저 귀가 밝아야 했다.

고모들이 하는 말 중에서 엄마에 관한 이야기는 귀에
쏙 들어왔다. 엄마 이야기를 들을 때면 울컥 터져 나오
는 그리움을 떨쳐버릴 수 없었다. 가버린 엄마를 생각하
면 원망보다는 그리움이 더 컸다.

그때 들었던 이야기로는 아버지가 양구에서 군인으로
복무할 때 18살인 엄마를 만났다는 이야기와 엄마가 미
인이라서 얼굴도 곱고 피부도 희고 시골 여자 같지 않았
다는 것, 엄마의 언니가 양구에서 살고 있으니까 분명
그리로 갔을 거라고 했다. 언니가 군인을 상대로 군인백

화점이라는 가게를 운영한다는 것도 알았다. 아무리 작은 정보일지라도 엄마에 관한 이야기는 모조리 마음속 블랙박스에 차곡차곡 기록해두었다.

한 번은 큰고모와 춘천에서 사는 막내 고모가 전화 통화하는 소리를 들었다. 전화기는 안방에만 있었는데 전화벨이 울릴 때면 어찌나 크게 울리는지 집 안 어디서나 들렸다. 수화기를 통해 들리는 목소리가 가늘어서 서로 큰소리로 통화를 해야만 했다. 고모가 전화할 때면 안 들으려고 해도 목소리가 커서 다 들렸다.

—올케가 어쨌다고?

올케라면 엄마를 말하는 거였다. 갑자기 온몸에 전율을 느꼈다. 귀를 쫑긋 세우고 뭐라고 하는지 정신을 바짝 차리고 들었다. 너무 열심히 듣다 보니 이야기는 물론이려니와 감정의 변화도 다 느낄 수 있었다.

—그러니까, 올케가 새 남자를 만나서 같이 산다 이거지? 벌써 오래됐다고? 딸도 낳았다고?

막내 고모가 뭐라고 하는 모양이었다.

—얘, 어쩌면 시치미를 뚝 떼고 있더니 팔자 고치려고 작정을 했

소년은 알고 싶다

*었구나……:*

큰고모가 맞장구를 쳐주었다. 막내 고모가 또 뭐라고 한 모양이었다.

*—그러게 말이다. 엄마는 그것도 모르고 맨날 불쌍하다고 측은해 하더니 꼬박 속은 거지 뭐냐? 열 길 물속은 알아도 한 길 사람 속은 모른다더니, 옛말이 그른 게 하나도 없구나.*

고모들이 하는 말을 종합해보면 엄마는 처음부터 팔자를 고치려고 계획적으로 집을 나가 양구 언니네 집에서 새 남자를 만나 같이 살면서 딸도 낳았다는 이야기였다.

엄마에 관한 이야기를 들으면서 지금까지 잘 참아왔던 그리움이 밀물처럼 몰려왔다. 밀물이 목까지 차오르면서 울컥 서러움으로 변해서 슬픔에 빠져들었다.

사람들은 슬픔을 말할 때 자식을 잃은 어미처럼 슬픈 일은 없다고 말하지만, 엄마 잃은 자식은 그보다 더 슬프다는 것을 모르고 하는 말이다.

나는 엄마가 죽도록 보고 싶었다. 죽든지, 살든지 찾아가 보기로 마음먹었다.

## 22

⋮

추위가 풀렸다고는 해도 아직도 찬바람이 동네 골목 길로 불어닥칠 때면 나도 모르게 목이 움츠러들고 콧등 이 시렸다.

중학교에 입학하면서 선생님이 짝을 지어주었는데 동 석이란 아이가 내 짝이 되었다. 동석이는 큰형님 집에서 산다고 했다. 이상하다는 생각이 들었다. 나야 엄마가 없어서 큰고모 집에서 살지만, 동석이는 왜? 동석이도 엄마가 없나?

―이런 거 물어보기 싫은데……. 넌 왜 엄마하고 안 사니?

―우리 엄마는 내가 다섯 살 때 돌아가셨어. 큰형네 집에서 사는 데, 형수님이 엄마나 마찬가지야.

동석이는 의외로 담담하게 말했다. 동석이가 담담한 걸 보고 마음이 놓였다. 엄마가 없다는 조건 때문에 주 눅들 일이 아니라는 것처럼 보이기도 했다. 나와 동석이 는 어쩔 수 없이 친한 친구가 되었다. 늘 엄마를 입에 올

소년은 알고 싶다

리지 않으려고 애쓰던 마음이 눈 녹듯 스르르 사라져버렸다. 마음 편하게 나도 너와 마찬가지로 엄마가 없다는 말을 은근슬쩍 해주었다.

―우리 엄마도 내가 여섯 살 때 집을 나갔어.

―집을 나가다니? 어디로?

―나도 몰라. 어디로 갔는지.

―도망갔다고?

나는 아무 대꾸도 하지 않았다. 도망갔다는 말이 듣기 싫었다. '집을 나간 거지, 도망은 아닌데' 하는 생각이 들었지만, 말은 하지 않았다. 하지만 한편으로는 엄마가 정말 도망간 거구나, 하는 생각도 들었다.

## 23

•
•
•

　동석이와 나는 둘이서만 붙어 다녔고 둘이서는 못하는 이야기가 없었다. 동석이는 나보다 한 살이 많고 공부도 잘했으며 아는 것도 많았다. 모르는 건 동석이한테 물어보면 가르쳐주었고 숙제도 동석이가 다 알아서 해주다시피 했다.

　그동안 벼르던 일을 실천에 옮기기로 마음먹었다. 동석이더러 내가 이번 주 토요일에 결석할 테니 선생님께 잘 말해달라고 부탁했다.

　밤이면 엄마가 그립고, 보고 싶어서 미칠 것 같았다. 엄마도 내가 보고 싶을 거로 생각했다. 한번 가보기로 마음먹은 다음부터 그리움은 눈덩이처럼 쌓이고 짙어져만 갔다. 중학교 교복을 입었더니 멋지고 의젓해 보이면서 다 큰 것 같은 기분이 들었다. 이제 엄마를 만나도 될 것 같았다. 꿈으로 한 발짝 다가간다는 생각에 아침 일찍 눈이 뜨였다.

　　　　　　　　　　　소년은 알고 싶다

토요일 아침, 시외버스 터미널로 향했다. 가방도 없이 집을 나오면서 큰고모에게는 친구네 집에 가서 늦을 거라고 둘러댔다.

3월이라고 해도 아침에는 날씨가 차가워서 사람들은 모두 몸을 움츠리고 걸었다. 터미널 초입에는 지게 위에 걸터앉아서 손님을 기다리는 지게꾼들이 몰려 있었다. 춘천 가는 버스표를 사 들고 줄을 서서 기다리면서 희미한 기억 속에 남은 엄마의 얼굴을 더듬어보았다. 남아 있는 기억이 분명하지는 않았지만, 퍼즐 맞추듯 그려보았다.

버스는 청량리를 벗어나면서 비포장도로를 덜덜거리며 달렸다. 춘천까지 가는 동안 먼지를 뒤집어써서 모자와 눈썹이 서리를 맞은 것처럼 하얗게 변했다. 춘천에서 양구로 가는 버스로 갈아탔다. 버스는 46번 일반국도로 접어들었다. 달리는 길 양편으로는 산밖에 없었다. 가면 갈수록 첩첩산중으로 들어서는 느낌이었다. 도로 표지판에는 신갈과 양구만 계속해서 나타나는 거로 봐서 이 길로 달려봤자 사람 사는 곳은 신갈과 양구뿐

임을 알려주는 것 같았다.

나는 양구라는 이름이 낯설지 않았다. 엄마가 양구에 사는 언니가 보내온 편지를 읽는 걸 보고 들었기 때문이다. 양구에는 이모가 살고 있었기에 은연중에 따뜻한 곳처럼 느껴졌다. 하지만 내가 처음 가보는 양구는 오지 중의 오지, 산속이었다.

봄이 눈앞에 다가왔는데도 그늘진 쪽 산마루에는 눈이 그대로 남아 있었다. 굽이굽이 돌아가는 길이 국도라고 말하기에는 너무 부족한 느낌이었다. 이런 산속에도 사람이 사나 하는 생각이 들곤 했다.

버스는 줄기차게 몸을 흔들어댔고 덜컹거리면서 먼지를 일으켰다. 온종일 버스를 타고 시달리는 바람에 양구가 정말 먼 곳이라는 걸 새삼 알았다.

신갈을 지나면서 차창 밖으로 초봄의 호수가 나타났다. 소양호 끝자락의 일부일 것이다. 도로는 호수 생김새대로 들쭉날쭉하고 꼬불꼬불했다. 버스는 좁고 굽은 길을 따라 들락날락하면서 덩치 큰 몸체를 흔들어댔다. 원래 차만 타면 멀미를 하는 나였기에 심하게 흔들리는

소년은 알고 싶다

버스에서 차멀미가 나는 건 당연했다. 속이 울렁대고 토할 것 같아서 참느라고 애를 쓰는 바람에 엄마고 뭐고 다 까먹었다.

오후 늦게, 산속 동네 양구에 도착했다. 온종일 버스를 타고 오느라고 궁둥이가 다 아팠다. 모자를 벗어 어깨며 바지에 쌓인 먼지를 탁탁 털어냈다.

처음 와 보는 양구는 군인 도시답게 바라보는 곳마다 군인이 눈에 띄었다. 토요일 오후여서 그런지 버스 터미널에도 군인 아저씨들이 득실거렸다. 다방도 있고 당구장 간판도 보였다. 멀리서 애인을 찾아온 듯한 여자도 눈에 띄었다. 군인 아저씨들은 모두 씩씩하게 걸었고 잘생겼다. 군인이 부러웠다.

군인백화점이라고 했으니 군인 물건들을 파는 가게일 것이다. 대합실을 나오자마자 길 건너 코너에 있는 건물 간판의 군인백화점이라는 커다란 글씨가 눈에 띄었다. 길을 가다가 선생님을 만난 것처럼 반가우면서도 두려웠다. 누가 뭐라고 하는 것도 아닌데, 살금살금 가게 앞으로 다가갔다. 막상 안으로 들어가지는 못하고 슬쩍 들여다보았다. 젊은 아주머니가 내다보는 것 같아서 덜컥 겁이 났다. 딴청을 부리면서 문 앞을 지나쳤다. 들어갈 용기가 나지 않았다. 하지만 아무래도 맞닥뜨려야 할 일이라는 생각도 들었다.

산이 많은 지역은 금세 어둠이 밀려온다.

온종일 굶었더니 춥고 배가 고파서 못 견딜 것 같았다. 속에서부터 오들오들 떨리는 바람에 기분도 떨렸다. '에라, 모르겠다.' 하는 심정으로 용기를 내어 문을 열고 들어가 카운터 쪽으로 다가갔다. 보나 마나 엄마를 닮아 보이는 게, 이모님이 분명했다.

여인은 처음부터 나만 바라보고 있었다. 카운터에 서서 뚫어지게 쳐다보더니 무엇을 찾느냐고 물었다. 죄를 지은 것도 아닌데 고개를 숙이고 우물쭈물하다가 입을 열었다.

―엄마를 찾아왔는데요.

뚫어지게 나를 바라보는 여인의 얼굴은 당혹스러워하는 빛이 역력했다. 잠시 침묵이 흘렀다. 말없이 바라보는 여인의 눈길 속으로 말려 들어가는 것 같아서 정신

소년은 알고 싶다

이 번쩍 들면서 신경이 곤두섰다.

—이름이 뭐야?

—최병호……

말끝을 흐리며 우물거렸다. 내 교복 명찰에 이름이 박혀 있는 걸 보면서도 묻는 거로 봐서는 알면서도 일부러 물어보는 것 같았다.

—몇 살이야?

열네 살이라고 말해주었다. 이모는 누구네 집에서 사느냐, 누나랑 같이 사느냐 이런 것들을 알고 싶어 했다. 나는 왠지 모르게 불안해서 이모를 똑바로 바라보지도 못하고 묻는 말에 대답만 했다. 잘못하다가는 내쫓길지도 모른다는 불안감 때문에 공손히 대답하면서 처분만 바랐다.

이모 역시 안절부절못하는 눈치였다. 한참 망설이더니 방에 들어가서 기다리라고 하고는 가게 문을 잠그고 어디론가 가버렸다.

## 24
⋮

방바닥은 그런대로 따스했다. 몸을 녹이면서 마음도 한결 누그러들었다. 방안을 둘러보았다. 방에는 반닫이와 그 위에 곱게 개켜 얹은 이부자리가 전부였다. 단출한 세간살이 때문에 흰 레이스 받침 위에 잘 모셔놓은 금성 라디오가 돋보였다. 벽이 천장과 맞닿는 코너에는 커다란 사진액자가 걸려 있었고, 여러 장의 사진이 섞여 있었다. 그중에 가족사진도 끼어있었는데 여자아이 셋에 남자아이 하나가 나란히 앉아서 찍은 거로 보아 이모네 아이들 같았다.

기다리는 시간이 마냥 길게 느껴졌다. 얼마를 기다렸을까? 젊은 여자 둘이서 헐레벌떡 달려왔다. 그동안 어렴풋이 기억하고 있었지만 보자마자 엄마라는 걸 금방 알아차렸다. 신발이나 벗었는지, 안 벗었는지 단숨에 방으로 뛰어 들어온 엄마는 선 채로 나를 부둥켜안고 울었다. 나도 눈물이 쏟아져 내렸다. 엄마의 울음소리가

소년은 알고 싶다

크게 들렸지만, 난 소리 내지 않으려고 입술을 아프도록 깨물었다. 그렇게 입술을 깨물어도 흘러내리는 눈물은 걷잡을 수 없었다. 참아도, 참아도 터져 나오는 울음이었다. 보고 싶었다는 말이 필요 없었다. 그냥 몸이 다 말해주고 있었다.

엄마의 품에 처음 안겨보았으나 늘 안겨 왔던 품속같이 포근하고 아늑했다. 엄마 적삼에서 나는 냄새가 향기로웠다. 엄마가 맨손으로 내 눈물을 닦아주는데 엄마의 손이 따스했다. 보고 싶었다고, 사랑한다고 말하고 싶었지만, 쑥스럽고 부끄러워서 말을 못 했다. 엄마는 옷매무새도 정결하고 기품이 있어 보였다.

엄마가 손을 잡아주는데 엄마의 손이 유별나게 부드럽고 따듯했다. 갓 낳은 달걀의 따끈따끈한 그 느낌이었다. 엄마의 마음도 나와 다르지 않다는 걸 단숨에 확인할 수 있었다.

눈물로 얼룩진 눈을 비비고 엄마를 보았다. 듣던 대로 엄마는 곱상했다. 작고 갸름한 얼굴에 티도 하나 없이 깨끗하고 뽀얀 피부며 반짝이는 눈매가 돋보였다. 균형

잡힌 이목구비에 목소리도 나긋나긋했다. 고모들처럼 요란하게 화장도 하지 않았다. 꾸미거나 거짓 없이 생긴 대로 단순하고 청순한 민얼굴 그대로였다. 할머니는 맨날 "누나가 엄마를 똑 닮았다."라고 했는데 내가 보기에는 엄마가 더 예뻐 보였다.

누나 소식이며 할머니, 할아버지 소식도 묻기에 아는 대로 말해주었다. 할아버지가 목을 매고 돌아가셨다는 것도 말해주었다. 엄마는 깜짝 놀라면서 얼굴이 하얗게 굳어졌다. 충격을 받았는지 한참 말이 없었다.

"큰고모가 잘해주더냐?", "막내 고모는 아직도 춘천에 사느냐?", "누나가 엄마를 원망하지 않더냐?" 이런 것도 알고 싶어 했다. 그러면서 서울 가는 버스는 아침에만 한 차례 있으니 여기서 자고 내일 아침에 가라고 했다.

난 엄마와 같이 살고 싶다고 말하고 싶었지만, 눈치로 보아 그럴 형편이 아닌 것 같아서 꾹 참았다.

그리고 도망치듯 가버린 엄마는 다시 오지 않았다.

아침에 이모가 버스를 태워주면서 엄마는 새로 결혼

해서 아이도 둘이나 낳고 사니 앞으로는 찾아오지 말라고 다짐하듯 말했다. 이모가 하는 말은 하나같이 내게 깊은 상처로 남았다.

서울로 오는 내내 엄마가 불쌍하고 불행한 것 같아서 눈물이 흘렀다. 옆에 앉아 있는 사람이 볼까 봐 흐르는 눈물을 참느라고 맥없이 입술만 깨물었다.

소년은 알고 싶다

## 25

대학 입시가 코앞으로 다가왔다.

누나가 집을 나간 지 5년이 지났다는 사실조차 까맣게 잊고 있었다. 나는 누나가 사라진 다음에 한동안 낙심해서 방황했다. 그러다 고등학교 입시다, 대학교 입시다 하는 바람에 공부에 빠지면서 차츰 누나를 잊었다.

친구 동석이가 내게로 달려오면서 밝고 들뜬 목소리로 소리쳤다.

―야, 너 누가 찾아왔어. 지금 매점에서 기다리고 있어. 빨리 가봐.

의아하고 어리둥절했다. 혹시 동석이가 장난치는 게 아닌가 하고 눈치를 살폈다.

― 가보라니까 뭐해. 기다리고 있다니까?

동석의 진지한 표정으로 보아 거짓말 같지는 않아 보였다. 반신반의하는 심정으로 슬며시 일어나 교내 매점으로 향했다.

뜻밖에도 누나가 나를 기다리고 있었다. 예쁜 장미꽃을 마주했을 때처럼 놀랍고 반가웠다. 입가에 미소가 저절로 피어났다. 반가운 기색을 나타내지 않으려고 감정을 억누르다 보니 도리어 겸연쩍어졌다. 가슴이 울렁거리고 웃음이 실실 나와 피식 웃었다. 그리웠다는 마음을 말로써 표현하지는 않았으나 말 대신 온몸에서 뿜어져 나왔다.

교내 매점에서 잠깐 만나본 누나는 머리도 긴 생머리에 짙은 녹색 체크무늬가 있는 원피스를 입고 굽이 약간 높은 샌들을 신고 있었다. 핸드백을 손에 들고 있는 모습이 세련되어 보였다. 손톱에는 흐린 분홍색 매니큐어가 반짝였다.

오늘이 내 생일이라 보고 싶어서 왔다고 했다. 누나는 어른처럼 변해 있었다. 화장도 했고 입은 옷도 비싼 옷 같아 보였다. 필요한 것은 없느냐고 물었다. 공부 열심히 하라면서 내가 한 말을 잊지 말라고도 했다. 누나가 한 말이라는 건 돈 많이 벌어서 부자가 되라는 말이다. 누나는 내게 야심을 가지라고 했다. 남자가 야심도 없으면 무엇에다 쓰겠느냐며 충동질도 했다.

　내가 묻지도 않았는데 누나는 이태원 외국인 식당에서 일한다면서 다음에 또 오겠다며 돈도 주고 갔다. 짧은 만남이 아쉽기만 했다. 유리창을 뚫고 들어오는 햇살이 눈 부셨다.

　한동안 마음이 들뜬 것처럼 설레고 두근거렸다. 누나가 숨어서 나를 지켜보고 있다는 생각에 흐뭇하고 행복했다. 어쩌면 엄마도 지켜보고 있을 거라는 생각도 들었다.

## 26

⋮

 모처럼 돈도 생긴 데다가 기분이 좋아서 동석이하고
로터리 빵집에 들러서 크림빵도 먹고 신나게 놀다가 오
후 늦게 집에 들어갔다.

 집에는 춘천에서 막내 고모가 와있었다. 날씨가 더워
서 방문을 다 열어놓고 마루에 앉아 있던 고모에게 모
자를 벗어들고 인사했다. 막내 고모가 반갑기도 했지만,
꼭 그런 것만도 아니었다. 막내 고모는 나를 보고 커 가
면서 어쩌면 그렇게 오빠를 닮아 가느냐고 했다. 나는
아버지를 본 적도 없지만, 고모들한테서 내가 아버지를
닮았다는 말은 많이 들었다.

 큰고모와 막내 고모는 언제 만나도 소녀들처럼 웃고
즐거워했다. 둘이서 무슨 할 말이 그렇게 많은지, 시간
가는 줄도 모르고 이야기를 나눴다.

 마루에 둘러앉아서 저녁을 먹고 일어서려는데 막내
고모가 물어볼 게 있다면서 그냥 앉아 있으라고 했다.

소년은 알고 싶다

이상하고 떨떠름한 느낌을 받았다. 아닌 게 아니라, 막내 고모는 작심한 듯 내게 캐물었다.

　—너, 누나 어디 있는지 알지? 만나봤지?

거짓말하다가 들킨 것처럼 속으로 찔끔했다. 내가 누나를 만나는 걸 보았을 리는 없는데 하면서도 알고 하는 말 같아서 고개를 끄덕였다.

　—어디 있니?

나는 말하기가 꺼림칙해서 더듬거리면서 말했다.

　—어딘지 몰라요. 외국인 식당에서 일한다고 했어요.

　—식당 이름이 뭔데?

　—몰라요.

　—외국인 식당이 어디 있는데?

　—이태원이랬어요.

　—누나가 너한테 그랬다고? 언제 만났니?

해서는 안 되는 말을 할 때처럼 나는 죽어가는 목소리로 누나가 학교로 찾아왔었다고 말해주었다. 그렇지만 돈도 주고 갔다는 말은 하지 않았다.

　—너 엄마하고 편지질하니?

막내 고모가 꼭 알아야겠다는 식으로 물었다. 나는 얼굴이 달아올랐다. 아니라고 했다. 중학교 때 엄마를 만나고 오던 날, 큰고모가 어디서 잤느냐고 추궁하듯이 캐물어서 사실대로 말해주었을 뿐이다. 그리고는 더는 엄마 이야기 비슷한 것도 꺼내지 않았다.

막내 고모는 들어보라는 식으로 말을 이어갔다.

─내가 춘천에서 아는 아주머니를 통해서 들은 이야기인데…….

하더니 나를 빤히 바라보았다. 바라보는 눈빛이 유난히도 차가웠다.

─예전에 니가 엄마 만나고 온 다음에 남편이란 작자가 니 엄마를 죽도록 팼다더라. 니 엄마도 딸을 셋이나 낳았잖니? 그런데도 남편인가 뭔가 하는 작자가 술만 마시면 니 엄마를 팬다더라. 그런 몹쓸 놈이 어디 있니? 군인 중사라더라. 홀몸이라고 해서 같이 살았는데 알고 봤더니 전처한테 딸이 넷이나 있다더라.

그러면서 고모는 혀를 끌끌 찼다. 되풀이해 가며 혀를 차는 막내 고모의 표정에서 업신여김과 고소해하는 눈빛이 줄줄이 흘러내렸다.

*—팔자를 고치기는커녕 바가지를 썼지, 바가지를 썼어……*

속내를 있는 그대로 드러내는 막내 고모에게서 엄마를
조롱하는 심술궂은 심보가 엿보였다. 엄마를 흉보는 막
내 고모가 미웠다. 나는 분해서 속으로 눈물을 삼켰다.
원수를 갚아주고 싶다는 생각이 불끈 치솟았다. 고등학
교를 졸업하면 해병대에 입대해서 엄마를 괴롭히는 그
인간을 넋 나가게 패주겠다고 별렀다.

막내 고모가 한 말은 그것만이 아니었다.

*—니 엄마가 또 딸을 낳았다더라. 남편인가 하는 작자가 아들 보*
*겠다고 자꾸 애를 낳는 모양인데, 무식한 것들은 못 말린다니*
*까……*

더는 고모의 말을 듣고 싶지 않아서 벌떡 일어나 두
어 발자국 떨어진 방으로 들어갔다. 문을 닫고 책상 앞
에 앉아 라디오를 틀었다. 금방 들은 이야기를 지워버리
고 싶었다. 폴 앵카의 〈다이애나〉가 흘러나왔다.

## 27

⋮

    누나는 내가 고등학교를 졸업하던 해에 용산에서 근무하는 미군을 만나서 결혼했다. 그는 미군 CIC 첩보 요원이어서 일본을 위시해서 동남아의 각국을 돌아다녔다. 주로 베트남과 필리핀에서 근무했다. 그 바람에 누나도 따라나서기 위해 미국 시민권을 즉시 발급받았다.

## 2부

선은 알고 싶다
A Certain Secret

## 28

:

저녁 식사를 마치고 라디오에서 흘러나오는 음악을 듣고 있었다.

친하게 지내던 하 일병이 다가와 전화를 받아보란다. 나는 그때 운 좋게도 춘천 병무청에서 군 복무를 하고 있었다.

사실 운이 좋았다기보다는 할아버지의 보살핌 덕분이었을 것이다. 내가 군대에 간 다음에 큰고모는 꿈에 할아버지가 나타나 "내가 병호를 잘 보살펴줄 테니 염려 마라."라고 하시더라고 여러 번 내게 말해주었다.

그까짓 꿈이 뭐 대수인가 하면서도 한편으로는 은근히 믿는 구석이 생겨서 마음이 든든한 것도 사실이었다. 훈련소에서 치른 필적 테스트에 합격해서 그런지 고향 강원도 병무청으로 발령이 났다. 할아버지 덕분은 아니라고 생각하면서도 은근히 내 마음속에 수호신처럼 자리매김해 갔다.

소년은 알고 싶다

일반 직원들이 퇴근하고 난 청사는 늘 한적하고 쓸쓸했다. 청사에 남아 있는 몇몇 병사들은 무료한 시간을 달래려고 모여 앉아서 담소를 즐겼고 나는 홀로 떨어져서 FM 라디오 오후의 클래식을 듣고 있었다.

전화 받으라는 하 일병의 큰 목소리가 들렸다. '내게 한 소리가 맞아?' 긴가민가했다. 저녁 시간에 내게 전화를 걸 사람이 없는데 이상하다 하면서 수화기를 들었다.

―전화 바꿨습니다.

조금은 사무적이면서 무뚝뚝하게 말했다.

―미안하지만요, 말은 하지 말고 들어만 주세요.

뜻밖에도 여자 목소리였다. 그것도 말하지 말고 들어만 달라는 소리에 귀가 번쩍 뜨였다. 가슴이 두근거리고 당황스러웠다. 귀 기울여 들어보니 병무청에서 같이 근무하는 김 양이었다. 병무청에는 타자수가 네 사람 있었는데 모두 시집 안 간 처녀들이었다. 그녀들을 각각의 성씨에다가 '양' 자를 붙여서 불렀다.

그때는 인터넷이 없던 시절이라 공문서는 결재를 받

은 다음에 타자수에게 넘겨주면 타자수가 접수된 대로 일일이 타자를 쳐서 옛날 방식대로 발송하던 시절이었다. 타자수 중에서 김 양이 맏언니에 속했다. 타자수들은 그녀를 언니라고 불렀고 얻어듣기로는 스물여섯 살이라고 했다.

나는 대학에 다니다가 군에 입대한 때라 막 스물을 넘긴 나이였다. 듣기만 하라는 바람에 두근거리는 마음을 진정시키면서 조용히 귀를 기울였다.

—지금 시청 앞 '예맥다방'에 있는데요, 사복으로 갈아입고 나와 주시겠어요?

가슴이 두근거렸다. 의아하다는 생각이 들었으나 말은 하지 말아 달라는 바람에 "네."라고 짧게 대답했다. 누구에게도 말해서는 안 되는 일급 비밀을 전해주는 상관의 명령 같아서 긴장되고, 일종의 의무감도 들었다.

초가을 저녁치고는 쌀쌀한 날씨였다. 다방은 소양극장 맞은편에 있었다. 극장엘 드나드느라고 이 길을 여러 번 지나다녔건만, 그곳에 다방이 있는 줄은 몰랐다. 예쁜 글씨로 '예맥'이라고 쓰인 앙증맞은 간판이 걸어가면서도 눈에 띄게끔 길가로 삐져나와 있었다.

문을 열고 들어서자 자리는 거의 비어 있었고 한쪽 귀퉁이에 김 양 혼자 앉아 있었다. 그때까지만 해도 다방이라는 곳을 한 번도 들어가 본 적이 없었다. 그래도 여자 앞인지라 다방에 드나들었던 경험이 있는 것처럼 망설임 없이 찾아 들어가 김 양과 마주 보며 자리에 앉았다.

김 양은 웃으면서 나와 줘서 고맙다고 했다. 마주 앉아서 본 김 양의 얼굴에는 흐릿한 검버섯이 번져있었다. 다방 레이디가 테이블로 다가오자 김 양이 자신은 엽차를 마셨으니 차 주문을 하란다. 차를 주문해본 일이 없는 나는 당황했다. 다방에 대해서 잘 아는 김 양이 시켜줬으면 좋으련만, 아무것도 모르는 나에게 주문하라는 바람에 앞이 캄캄했다. 그렇다고 모른다는 모습은 보여주기 싫어서 얼떨결에 나도 같은 엽차를 달라고 했다. 김 양은 다방 레이디의 얼굴을 쳐다보며 웃고만 있었다. 다방 레이디의 떨떠름한 미소를 나는 알아차리지 못했다. 엽차는 거저 주는 차라는 사실은 시간이 흐른 후에 가서야 알았다.

지금 생각하면 낯이 뜨겁다. 그냥 커피 달라고 했었으면 됐었을 것을. 그때까지만 해도 나는 한 번도 다방 커피를 마셔본 일이 없었다.

내가 앉아 있어야 할 자리가 아닌 것처럼 어딘가 불안정하고 팽팽한 긴장감이 느껴졌다. 긴장감이 왜 일어나는지 감이 잡히질 않았다. 김 양의 입에서 무슨 말이든 얼른 나왔으면 하는 마음이 간절했다.

김 양은 오늘 저녁에 열리는 음악회의 초대권이 두 장 있는데 자기는 급한 일이 생겨서 갈 수 없으니 추 양과 함께 가줄 수 있겠느냐고 물었다. 전혀 상상하지 못했던 이야기였지만 음악회라는 말에 귀가 솔깃했다. 김 양은 전에 가본 일이 있다면서 신부님이 주최하는 클래식 음악 감상회라는 말을 덧붙였다. 가을 저녁의 음악 감상이라는 말이 마음에 들었다. 도청으로 올라가는 언덕을 다 오르면 왼편에 성당이 있고 그 옆에 부속 교실이 있는데 그곳에서 열린다고 했다.

초대권 두 장을 받아들었다. 음악회는 저녁 7시 반부

터였다. 늘 책을 들고 다니는 모습이 인상적인 추 양은
타자수 중에서 막내였다. 도청으로 올라가는 길가 가로
수에 기대어 추 양을 기다렸다.

소년은 알고 싶다

## 29

⋮

퇴근 후의 거리는 지나다니는 차도 없고 사람도 없었다. 불그레한 저녁노을이 산 끝자락에 조금 남아 있었을 뿐이다. 플라타너스 잎이 가벼운 바람에 날려 떨어졌다. 일직선으로 뻗어있는 언덕길 끝머리에는 강원도 도청사가 있고 그 뒤로 봉의산이 보였다.

가을처럼 변해가는 모습을 낱낱이 보여주는 계절도 없을 것이다. 옷을 벗은 나무, 벗는 중인 나무, 벗으려고 색깔이 변해가는 나무. 나무들은 제 나름대로 겨울 준비를 하고 있었다.

여자를 기다린다는 것이 설레고 가슴 떨리는 일이라는 것도 그때 처음 경험했다. 추 양은 짙은 남색 스커트에 흰 블라우스를 입고 있었다. 눈이 동그랗고 웃고 있는 얼굴이 코스모스처럼 청순하다는 인상이었고 왼쪽 뺨 한가운데에 보조개 대신 자리한 쌀알만 한 까만 점이 선명하게 드러나 보였다.

처음으로 여자와 단둘이 만나는 자리여서 마음이 설레고 두근거렸다. 누군가가 지켜보고 있을 것만 같아서 얼굴이 달아오르는 느낌도 들었다.

추 양은 총무과에서 근무했고 나는 징모과에 있었기 때문에 서로 마주칠 일도, 이야기를 나눠본 일도 없었다. 낯설지는 않았지만, 사사로운 일로 만나는 건 처음이어서 서먹했다. 뭐라고 인사를 했는지조차 기억나지 않을 정도로 떨렸다.

음악회에는 이십여 명의 젊은이들이 기다리고 있었고 추 양과 나도 나란히 자리에 앉았다. 추 양에게서 번지는 은은한 화장품 냄새가 싫지 않았다. 꾸밈없는 작은 교실 한쪽 테이블 위에는 전축이 놓여있었고 그 옆으로 사복을 입은 신부님이 서 있었다. 신부님은 〈브람스의 교향곡〉을 선정했다면서 간단한 설명을 곁들였다.

―베토벤을 의식하던 브람스는 교향곡을 작곡하는 데 무려 21년이 걸렸습니다. 신중에 신중을 기하느라고 악보를 오랫동안 묵혀두다 보니 21년이 걸렸던 겁니다.

1시간짜리 곡을 작곡하는 데 무려 21년이나 걸렸다는

소년은 알고 싶다

이야기를 그때 처음 들었다. 신부님은 전축에 놓여있는 LP 레코드판에 촉을 살며시 올려놓았다. 차분한 음률이 밑바닥으로 가라앉았다. 교향곡 1번의 4악장에서는 호른 소리가 묵직하게 울려서 마음을 무겁게 끌어내렸다. 조용히 귀 기울여 음악을 듣는 젊은이들의 표정이 진지해 보였다. 지금도 브람스의 교향곡을 들을 때면 그때 그 교실의 젊은이들이 떠오른다.

음악회가 끝나고 함께 차 마시는 시간도 있었지만, 우리는 밖으로 나왔다. 날이 어두워졌기에 추 양을 집까지 바래다주기로 했다. 어둠이 부끄러움을 감싸주는 느낌이었다.

―집이 어디지요?

―약사동 기와집골이에요.

약사동이면 그리 멀지 않다. 걸으면서도 무슨 말을 해야 할지 떠오르는 게 없었다. 아마 추 양도 그랬던 모양이다.

―키가 커서 멋져 보여요.

조금은 들뜬 듯한 목소리로 추 양이 말했다.

할 말을 찾다 보니 보이는 대로 말이 나왔던 모양이다. 치켜세우는 말처럼 들렸지만 싫지 않았다. 잠시 침묵이 흐르는 것으로 보아 나의 반응을 기다리는 것 같았다. 나는 무슨 말을 해야 할지 몰라 아무 말도 하지 못했다. 침묵이 길어지자 추 양이 다시 말을 이어갔다.

—많은 성씨 중에 '추' 하면 세련되게 들리는 성이 아니어서 불만이에요.

생뚱맞은 소리여서 '그게 그런가?' 하는 생각이 들었다. 남들은 생각 없이 부르는 소리지만 추 양은 듣기 싫은 모양이었다.

—아니에요, 그렇지 않아요.

나는 정색을 하며 입을 열었다. 그렇다고 여자 이름으로 '추'라는 발성이 듣기 좋은 음은 아니지만, 아무렇지도 않고 괜찮다고 말해주었다.

—여러 가지 동물 중에 하필이면 개띠가 돼서 띠도 마음에 안 들고요.

'처음 만나는 남자에게 왜 이런 말을 하지?' 하는 생각이 들었다. '띠까지 맞춰보려는 게 궁합을 보나? 개띠면

소년은 알고 싶다

나보다 두 살 아랜데……' 대답은 하지 않았지만 앞으로
사귀어보자는 말처럼 들렸다.

## 30
⋮

청 내에서 소문이 날까 봐 아무 일도 없었던 것처럼 추 양을 보고도 못 본 척했다. 어쩌다가 복도에서 마주쳐도 고개 숙여 인사만 했다. 마주 보지 않아도 추 양의 얼굴이 붉어졌다는 걸 짐작할 수 있었다. 추 양의 옷차림이 하루가 다르게 달라졌다. 그녀가 스쳐 지나가는 짧은 순간에도 그녀에게서 흘러나오는 향기가 좋았고 가슴이 두근거리는 이상한 증세도 일어났다. 눈길이 늘 추 양을 향해 있었고, 그녀의 눈에 내가 멋지게 보여야 할 텐데 하는 마음이 가시지 않았다.

결재 서류가 타자수에게 넘어가면 일이 밀려있어서 한나절은 기다려야 했는데도 내가 보내는 서류는 급행료를 지급한 것처럼 빨리 돌아오는 것이 부담스러우면서도 싫지 않았다.

우리는 연인이면서 남들의 눈에 띄면 안 되는 비밀스러운 연인이 되었다. 행복했지만, 겁도 났다. 아침이면

소년은 알고 싶다

거울을 한 번 더 보는 버릇도 생겼다. 면도를 깔끔히 하고 로션도 발랐다. 저녁에는 군복을 다려놓았다가 다음 날 입었다. 뇌에서 도파민이 뿜어 나오는 것처럼 기분이 들떠있는 게, 내가 미쳐가고 있다는 걸 알아차리면서도 어쩔 수 없었다.

춘천 시내가 손바닥만 해서 몇 발짝만 걸으면 도심을 벗어날 정도였다. 가장 번화한 명동 거리를 걷다 보면 병무청 직원 누군가는 만나고야 말 것이 빤했다. 터놓고 데이트를 했다가는 아는 사람 눈에 띌 것 같아서 마음대로 만날 수도 없었다. 그렇다고 바람 든 젊은 남녀가 가만히 있을 수는 없는 노릇이었다. 결재 서류를 타자수 추 양에게 넘기면서 일요일에 만나자는 메모를 끼워 넣었다. 내가 샘밭 버스 정류장에서 기다리고 있으면 추 양은 버스를 타고 오다가 창밖으로 손을 내밀어 흔들었다. 덜덜거리는 버스에 나란히 앉아서 춘천댐으로 향했다. 사람들은 먹고살기에도 빠듯했던 터라 놀러 다니는 행락객은 우리밖에 없었다.

소년은 알고 싶다

# 31

⋮

    물길을 가로막은 길고도 먼 둑을 따라 알록달록한 코스모스가 엷은 바람에 나부끼고 있었다. 가냘픈 코스모스들은 우리를 환영이라도 하듯 고개를 살랑살랑 흔들었다. 웃음 짓는 코스모스들이 우리에게 세상은 아름답다고 말해주는 것도 같았다.

    가을 햇볕이 따사한 호숫가 풀밭에 앉았다. 코스모스들이 우리를 에워싸고 있었다. 추 양은 수줍은 것 같으면서도 그렇지 않았다. 조금은 어색한 분위기를 풀어볼까 하는 생각에 나는 작은 부케를 만들어볼 작정이었다. 흰색, 옅은 분홍색, 빨간색 코스모스를 꺾어서 작은 다발을 만들고 밑동을 풀줄기로 묶어 맸다. 즉석에서 만든 부케를 추 양에게 건네주었다. 추 양이 함박웃음을 띠며 좋아하는 모습이 철부지 아이처럼 귀여워 보였다. 가을 공기가 맑고 신선했다. 같이 앉아만 있어도 즐겁고 행복했다.

흙색 메뚜기가 길섶으로 날아갔다. 실바람이 코스모스를 나부끼면서 우리의 마음도 흔들었다.

나는 별로 묻고 싶은 게 없는데 추 양은 하고 싶은 말이 많아 보였다. 추 양은 기분이 들떠서 그랬는지, 아니면 내가 심심해할까 봐 그랬는지, 옆에 붙어 앉아 내 팔을 끼고 머리를 내 어깨에 기대며 눈을 감았다. 그랬다가도 금세 눈을 뜨고 나를 바라보며 이야기를 모닥불처럼 피워댔다. 고향이 원주라는 것도, 부모님은 농사를 짓고, 딸이 여섯인데 자신이 막내라는 것도, 형부가 원주시청에 다닌다는 것과 형부가 병무청에 취직시켜주었다는 이야기도 했다. 병무청이 원래는 원주에 있었는데 춘천으로 이사 오는 바람에 자신도 따라서 오게 되었다고 했다.

그녀는 내가 말없이 심심해하는 게 자기 탓인 양 어떻게 해서라도 지루하지 않게 해주려고 열심히 많은 이야기를 늘어놓았다.

뺨에 있는 쌀알만 한 검은 점 때문에 학교에 다닐 때는 친구들이 매릴린 먼로라고 놀려대는 게 싫어서 점을 빼겠다고 했더니 엄마가 복점이라서 빼면 안 된다고 했단다. 관심 없이 볼 때는 점이 있는지 없는지 그냥 넘어갔는데 이야기를 듣고 났더니 아닌 게 아니라 왼쪽 뺨에 커다란 검은 점이 두드러지게 눈에 띄었다. 사진으로 보았던 섹시한 매릴린 먼로처럼 예쁘지는 않아도 검은 점은 매릴린 먼로를 연상케 했다.

사랑은 알고 있는 모든 것을 다 가르쳐주고 싶은 것이라더니, 추 양이야말로 자신의 이야기를 다 털어놓는 것 같았다. 자기 이야기만 하는 게 아니라 상대도 자기처럼 이야기해 주기를 바랐다. 나에 관해서 알고 싶다며 말해 달라고 졸라댔다.

응석인지, 떼를 쓰는 건지 내 팔을 잡고 흔들면서 졸랐다. 마지못해 부모님이 없다고 더듬더듬 변명하듯 말해주었다.

—그러면 고아나 마찬가지네요?

추 양이 의아하다는 듯 나를 빤히 쳐다보았는데, 마치 고아는 처음 본다는 식으로 눈을 크게 뜨고 뜨악한 표정으로 나를 바라보았다.

나는 깜짝 놀랐다. 지금까지 내가 고아라고 생각해본 적은 없었다. 그러나 그러고 보니 내가 고아인 게 맞다는 생각도 들었다.

추 양은 자기가 보살펴 주겠다고 했다. 나는 결혼이라는 걸 생각하기엔 아직 갈 길이 먼데, 추 양은 이미 꿈을 그리고 있었다. 사랑은 서로의 관심이 같을 뿐만 아니라 자신의 꿈을 이야기해 주는 것이어야 하는데 나는 그렇지 못했다.

나는 엄마에 관해서 아는 게 별로 없다. 마음속 깊은 구석에 똬리를 틀고 앉아 있는 엄마에 대한 응어리를 지우고 싶을 뿐이었다. 그러나 그게 마음먹은 대로 이루어지지 않는다는 걸 경험을 통해서 알고 있었다. 나는 추 양을 만나면서 이 여자가 또 다른 트라우마가 되어 나를 괴롭힌다면 어떻게 하나 하는 두려움이 앞섰다.

얼마나 시간이 흘렀는지 배가 고팠다. 배에서 꼬르륵 소리가 났다. 배가 고파도 행복하다는 조건 때문에 얼마든지 참을 수 있었다.

소년은 알고 싶다

가을은 깊어가고 우리의 마음도 코스모스처럼 사랑
으로 물들어 갔다.

## 32

⋮

추 양은 극장표가 두 장 있다면서 자기가 먼저 들어가
서 자리에 앉아 있을 테니 불이 꺼지면 들어와서 옆자
리에 앉으라고 속삭였다. 비밀스러운 데이트는 늘 그런
식이었다. 신성일, 안인숙이 나오는 〈별들의 고향〉이
요즘 개봉한 영화라며 나를 끌어들였다. 건방지게도 나
는 한국 영화나 가요는 저속하다고 여겼다. 적어도 음악
은 팝송이나 칸초네 아니면 샹송을 들어야 하고, 영화
는 미국 영화, 프랑스 영화 아니면 이탈리아 영화 정도
는 봐야 한다는 허황한 생각에 사로잡혀 있었다. 영화
는 시시했지만, 추 양과 함께하는 시간만큼은 즐거웠다.

깜깜한 영화관에서 밖으로 나왔는데 거리 역시 깜깜
했다. 우리는 자연스럽게 밤에도 만났다. 밤은 어두워서
잘 보이지 않았다. 모든 게 가려져 있어서 우리 역시 남
들 눈에 띄지 않는다는 착각에 빠지곤 했다.

그날도 밤이었다. 집까지 바래다주면서 추 양에게서

책을 빌리기로 했다. 추 양은 문간방에서 혼자 자취하고 있었다. 나는 밖에서 기다릴 테니 책이나 내다 달라고 했지만, 추 양은 잠깐 방으로 들어오라고 막무가내로 졸라댔다. 추 양에게는 전형적인 시골 인심이 그대로 남아 있었다.

나는 여자가 혼자 사는 방을 처음 들어가 보았다. 생각했던 대로 방안은 조촐하면서도 깨끗하게 정돈되어 있었다. 윗목 코너에는 앉은뱅이책상이 있고 책꽂이에 책이 여러 권 꽂혀있었다. 고원의 시집과 단편 소설집을 챙겨 들고 나왔다. 책이 매개체가 돼서 그 뒤로는 자취 방까지 들락거리게 되었다.

어떤 날은 따끈한 보리차를 마시는 때도 있었다. 연탄불로 덥힌 구들이 식지 말라고 아랫목에 작은 이불을 덮어 놓았는데 이불 밑으로 발을 디밀고 앉아서 차가 데워질 때까지 기다려야 했다. 대화가 끊기고 어색한 침묵이 우리 사이를 압박해올 때도 있었다. 둘이서 발을 디밀고 앉아 있으려면 사랑의 유혹이 엄습하는 때도 있었지만, 그보다는 책임감이 더 무거웠다.

추 양은 안집 부인이 도망갔다는 이야기를 들려주었다. 마치 재미있는 연속극 이야기를 들려주듯 흥미로워하면서 매번 들를 때마다 속편을 말해주곤 했다. 추 양은 안집 부인이 다섯 살, 세 살 먹은 남매를 두고 도망갔다면서 고개를 절레절레 흔들더라면서 식모 흉내를 내보였다. 식모는 도망간 부인을 대신해서 남매를 돌보고 있었다. 안타까워서 그랬겠지만, 추 양을 붙들고 답답한 심정을 털어놓곤 했다.

바깥주인의 의처증 때문에 부인이 시장에만 다녀와도 밤새도록 추궁하고 손찌검을 해대서 참다못해 도망갔다고 했다. 부인은 가끔 밖에서 식모를 만나 아이들의 근황을 물어본단다. 아무리 집을 나갔어도 엄마로서 자식의 소식은 듣고 싶은 모양이라고 했다.

어쩌면 나의 엄마도 내 소식에 귀 기울이고 있을지 모른다는 생각이 들었다. 엄마 생각만 하면 하던 일을 집어치우고 멍하니 그리움에 빠져들곤 했다. 그리움은 엄마가 아니고서는 누구도 채워줄 수 없는 애타는 마음이었다. 춘천에서 양구는 그리 멀지 않다. 찾아가 볼까 생각

해보았지만 찾아오지 말라던 이모의 말이 귓전에서 맴돌
았다. 참아야 했다. 다짐하듯 입술을 깨물었다.

## 33
⋮

 어리석은 나는 그냥 사귀어보자는 생각이었으나 추 양은 연애나 하자고 만나는 것이 아니었다. 아무런 준비도 없는 나는 사랑하면서도 늘 경계해야만 했고 덜컥 겁도 났다. 마음이 무겁고 착잡했다.

 말을 안 해서 직접 듣지는 못했지만, 추 양이 나를 절실히 원한다는 걸 나는 알고 있었다. 알면서도 마음을 주지 못하는 것처럼 괴로운 일도 없다. 내가 나이면서 내 맘대로, 감정이 흐르는 대로 행동할 수 없다는 것은 불행한 일이다. 감정을 억제하고 다스려야 한다는 중압감이 나를 옥죄고 있었다. 그러면서도 만나고 싶고 만나면 즐겁고 좋은 건 어쩔 수 없었다.

 추 양을 사랑한다는 것이 죄라고 생각하지는 않았다. 그러나 준비가 되지 않은 상태에서, 사랑은 한낱 소꿉장난처럼 느껴졌다. 잘못하다가 추 양을 실망하게 하면 어쩌나 하는 생각으로 괴로웠다.

사랑은 약속을 요구한다. 사랑이 너무 일찍 찾아왔다는 생각이 들었다. 갈등과 번민이 뇌세포를 쥐어짜는가 하면 가슴에는 불길이 일었다.

어디선가 한번 읽었던 법문이 떠올랐다.

"제자가 부처님께 묻기를 '같은 일을 하면서 어떤 사람은 성공하고 어떤 사람은 그렇지 못하니 무슨 연유입니까.' 부처님께서 말씀하시기를 '어리석은 사람은 이룰 수 없는 일에 매달리고, 지혜로운 사람은 이룰 수 있는 일에 온 힘을 바친다.'고 하셨습니다."

중생인 나로서는 이룰 수 있는 일이 어떤 것이고 이룰 수 없는 일이 어떤 것인지조차 구별하지 못하니 참으로 답답한 노릇이었다. 그러면서도 우리는 만나고 또 만났다. 만나면 달콤하고 행복했다. 사랑은 맨발로 모래사장을 밟는 것처럼 부드럽고, 간지럽고, 감미로웠다. 자석과 같아서 서로를 끌어당겼다.

그해 겨울은 짧았다. 봄이 되려면 아직도 긴 겨울이

남아 있는데 나는 카투사로 발령이 나서 병무청을 떠나
야 했다. 카투사로 간다는 소문은 금세 청 내에 퍼졌다.
다행이라는 생각과 아쉬움이 뒤섞여 다가왔다. 가볍게
생각하면 만났다가 헤어질 수도 있고 헤어졌다가 다시
만날 수도 있다. 하지만 나의 경우는 달랐다. 트라우마
때문에 그랬는지, 아니면 살아온 환경 탓에 위축돼서 그
랬는지, 한번 헤어지면 그것으로 그만이라는 생각에 사
로잡혀 있었다.

추 양에게서 곱게 포장된 앨범을 선물로 받았다. 앨범
을 선물로 받고 나서 누가 먼저 손을 내밀었는지 잡은
손을 끌어당겨 힘껏 부둥켜안았다. 가슴에 와닿은 추
양의 머리에서 샴푸 향이 풍겼다. 큰 북채로 북을 두드
리는 것처럼 나의 가슴이 쿵쾅거렸다. 우리는 부둥켜안
은 채로 한동안 꼼짝도 하지 않았다.

소년은 알고 싶다

# 34

:

의정부는 서울이 가까워서 좋았다. 달라진 생활 조건 때문에 의식이나 생각도 조금씩 변해 갔다. 주말이면 서울에 나가 고등학교 동창들을 만났다. 을지로에서 명동으로 들어가는 입구 오른쪽에 있는 지하 다방 해양에서 모이면 누가 먼저라고 할 것도 없이 내기 당구를 쳤다. 3층으로 올라가 당구대에 둘러서서 술 내기 규칙을 정했다. 친구들은 당구를 잘 쳐서 200은 보통이고 300을 치는 친구도 있었다. 나만 당구를 칠 줄 몰라서 구경만 했다.

―야, 너 당구 못 쳐?

친구들은 의아하다는 듯이 나를 쳐다보았다. 참으로 민망하고 머쓱했다.

―배우려고 그래.

―60 놓고 쳐. 가르쳐줄게.

그러는 친구가 있는가 하면 "병호 빼고 쳐. 엉기는 애

끼어들면 재미없어."라고 하는 친구도 있었다. 멀뚱히 구경하며 서 있다 보면 '난 그동안 뭘 했나? 바보인가?' 하는 덜떨어진 생각이 들기도 했다. 고모 혼자 벌어서 사는 가난한 집에서 자란 나는 돈 들어가는 건 아무것도 해서는 안 된다고 생각하는 게 몸에 습관처럼 배어 있었다.

동창들이 모여도 동석이는 없었다. 동석이는 나처럼 군대에 있었는데 운이 좋은 건지, 나쁜 건지 월남에 가 있었다.

새로운 환경은 신선한 변화를 가져왔다.

미국에서 누나가 초청해주었기에 나는 미국에 가기 위해 영어 공부에 열중했다. 미지의 땅에서 겪어야 할 불투명한 앞날이 두려웠다. 미국에 가면 내 생애에 다시 한국에 돌아올 수 있을까 하는 막연한 생각에 사로잡혀 있었다. 막연하면서도 앞날이 깜깜했다. 미래가 불투명하고 불안했다. 겁도 났다.

미지의 세계에서 내 한 몸도 어찌 될지 모르는데 거기에다가 딸린 사람이 있으면 감당할 수나 있을는지. 다 같이 굶다가 할아버지 꼴이 되는 게 아닐까 하는 생각도 들었다. 그렇다고 추 양에게 무작정 기다려달라는 허황한 약속을 할 수도 없었다.

만남과 헤어짐은 내가 선택하는 것이 아니라 선택당하는 경우가 많다. 처음부터 추 양과 나는 연인이어서는 안 되는 사이였는지도 모른다.

그때부터 순진한 추 양을 마음에서 덜어내야 한다는 고민에 사로잡혔다. 나 혼자 살기에도 벅찬데 결혼이란 건 상상도 할 수 없는 내가 한심했다. 추 양을 행복하게 해줄 자신이 없었다. 차라리 나 말고 직업도 있고 훌륭한 남자를 만나서 잘살아 주기를 바랐다. 어떻게 하면 상처를 주지 않고 헤어질 수 있을까 하는 생각에 잠이 오지 않았다. 사랑은 가슴 아픈 것이란 게 사실로 다가왔다. 마음속에서 사랑하는 사람을 강제로 지워내기란 여간해서는 되는 일이 아니었다. 술도 마셔보고 산에 올라가 소리도 질러보았다. 상사병에 걸려 죽었다는 옛날 이야기도 믿게 되었다. 매일 편지를 썼다가 찢어버리기를 수 없이 반복했다. 깨어있는 모든 시간이 거의 추 양 생각으로 채워져 있었다. 추 양의 생각을 걷어낸다는 것은 송곳에 찔리는 듯한 아픔의 연속이었다.

카투사에서는 중대 서무계 일을 보았는데 일이 손에 잡히지 않아서 얼빠진 사람처럼 멍하니 창밖만 내다보는 때도 많았다. 때때로 이렇게 피나는 고통을 참고 견디느니 차라리 죽고 싶다는 생각도 들었다. 먼 산을 바라보거나 눈을 감고 있으면 추 양의 영상이 머릿속에 나타나곤 했다. 고개를 흔들어 지워봤지만 그때뿐이었다.

침상에 누우면 그녀의 얼굴이 천장에서 나를 내려다보았다. 미칠 것 같아서 비를 맞으며 빗속을 걸으면 "비 맞지 마세요."라며 그녀가 나직이 속삭였다. 목소리가 너무나 생생해서 뒤돌아보면 그녀는 없었다. 내가 왜 이러지 하는 생각에 가슴이 철렁 내려앉곤 했다.

## 35

분명히 가을은 아니었지만 그렇다고 여름도 아닌 가을 초입의 서늘한 날이었다. 나는 제대하고 집에서 늦잠을 즐기고 있었다. 동석이가 9월 학기에 복학하기로 했다면서 나를 불러내어 영천 독립문 근처 대폿집에서 막걸리를 함께 마셨다. MBC 대학가요제가 탄생하면서 대상 곡인 〈나 어떡해〉가 젊은이들 사이에서 들불처럼 번져나갔다.

찌죄죄한 둥근 테이블 가운데에서 연탄불이 이글거렸다. 석쇠 위의 닭똥집이 마지막 기지개를 켜며 숨을 거두면 한 점 집어서 씹었다. 다 찌그러진 양재기로 대포를 벌컥벌컥 들이켰다. "난 사랑할 자격도 없는 놈이야……" 자괴 섞인 넋두리를 하면서 〈나 어떡해〉를 슬프게 불러댔다.

비틀대면서 산동네를 기어 올라왔다. 큰고모는 어디서 늦게까지 술을 마셨느냐면서 비틀거리는 나를 따라서 방까지 들어왔다. 그러면서 낮에 어떤 여자가 널 찾아왔다고 했다. 정신이 번쩍 들면서 술이 다 깨고 말았다.

―너하고 같이 병무청에서 근무했다더라. 두어 시간 기다리다가 기차 놓치면 안 된다면서 갔다. 너, 그 여자하고 아무 일도 없는 거지?

―일은 무슨 일. 전해주라는 말은 없었어요?

시치미를 뚝 떼고 천연덕스럽게 말했다.

―뭐 별다른 말은 없었다만, 처신 잘하고 다녀, 이것아.

고모는 미덥지 않은지 몇 번이고 나를 아래위로 훑어보았다. 그러면서 한마디를 덧붙였다.

―내일 모래면 미국에 갈 텐데, 가서 공부를 끝내야지. 공부 끝내기 전에 여자 만나면 못써……

밤새도록 잠이 오지 않았다. 얼마나 답답했으면 집까지 찾아왔을까 하는 생각도 들고, 추 양을 측은하게 해서는 안 된다는 생각도 들면서 일말의 책임감과 공분을 느끼지 않을 수 없었다. 추 양을 만나 내 진심을 이야기해야겠다고 마음먹었다.

출국 수속을 위해 병무 기록도 뗄 겸, 춘천 가는 버스에 몸을 실었다. 그사이에 청사에서 같이 근무했던 사람들은 다 떠나고 없었다. 모두 서울로 전근을 가고 남아 있는 사람은 서기보에서 주사로 승진한 이 주사님 한 분뿐이었다.

병무 기록을 떼고 이제 추 양을 만날 일만 남았다. 우리 사이에 어떤 약속이 있는 건 아니었지만 그래도 마음 한구석에는 비열한 건지 죄의식인지 하는 것이 자리 잡고 있었다. 강제로 연락을 끊은 것이 죄책감의 원인인 것 같았다.

서류뭉치들이 어수선하게 쌓여있는 이 주사님 테이블로 다가가 어렵게 추 양은 어느 부서에서 근무하는지 물어보려는데 괜히 가슴이 후들거렸다. 이 주사님은 특유의 사무적인 어조로 추 양은 고향인 원주시청으로 갔다고 전해주었다. 가슴이 뜨끔하면서 갑자기 청사가 텅 빈 것 같은 느낌이 다가왔다. 그랬구나 하는 생각이 스치면서 그 사실을 알려주려고 집에까지 찾아온 게 아니었나 하는 생각도 들었다. 추 양도 나 때문에 마음고생이 많았으리라는 걸 생각하면 가슴이 찡했다.

원주시청으로 찾아가 추 양을 만나고 싶었다. 꼭 어떤 약속을 한다기보다는 그냥 보고 싶었다. 그러면서도 새 직장에 소문만 남기고 떠나간다면 추 양의 입지는 어찌 되겠는가 하는 생각이 나의 처신을 묶어놓았다. 배짱도 없는 덜떨어진 내가 싫었지만 늘 하던 대로 망설이기만 했다.

추 양의 동그란 눈과 웃을 때면 입안이 들여다보일 듯이 환하게 웃는 모습, 활짝 웃고 있을 때 이빨이 희고 깨끗했던 인상, 매릴린 먼로를 닮은 왼쪽 볼의 검은 점이 눈에 선했다. 코스모스처럼 청순한 모습 그대로……

소년은 알고 싶다

*A Certain Secret*

## 36

. . .

바람이 세차게 불어와 정강이까지 자란 풀들을 한바
탕 휘젓고 지나갔다.

언덕으로 이어진 척박한 흙, 바람에 시달리는 보잘것
없는 풀, 수줍은 모습으로 기웃거리는 야생화. 동산에서
봄의 역동을 본다. 풀도, 꽃도 풋풋한 향기를 뿜어내며
세상은 아름답다고 말해주고 있었다.

소년은 알고 싶다

누나는 한국에서의 삶은 다 잊어버리고 곧바로 미국 생활에 잘 적응했지만, 나는 그렇지 못했다. 아주 오랫동안 힘들었다. 한국에 잊지 못할 미련이 남아 있는 것도 아니면서 못내 괴로웠다. 누추한 추억이나마 버리지 못하고 향수병에 시달렸다.

영어 못한다고 무시당하고, 혼자서는 외출할 수조차 없는 무기력하고 돈도 없는 내 처지가 가련했다. 분위기마저 파악되지 않는 낯선 이곳이 싫었다. 그렇다고 한국으로 돌아갈 수도 없고, 가봐야 반겨줄 사람도 없다는 것을 누구보다도 잘 알고 있었다. 그렇게 참고 견디는 시간이 너무 길었다.

세월이 흐르면서 차츰차츰 거리가 눈에 익어가고, 아는 사람도 생기고, 친구도 사귀게 되면서 숨통이 트였다. 그래도 향수병에서 헤어나기까지는 오랜 시간이 걸렸다.

시민권을 따면서 이름도 존으로 바꿨다.

미국 생활에 익숙해지면서 미국인이 다 된 것처럼 미국인 흉내를 내는 데는 일가견을 갖게 되었다.

샌호세 주립대학에서 인테리어 디자인을 공부하고 샌마테오 부자 타운에서 윈도 패션 대리점을 경영할 때였다.

어느 날, 젊은 여자가 찾아와 명함을 건넸다. 자신을 '매든' 회사의 세일즈 우먼 제시카라고 소개했다. 노란 머리에 파란색 눈동자가 이지적이면서도 순진해 보였고, 목소리가 부드러워 안정감 있게 들렸다.

제시카는 대학을 졸업하고 막 사회생활을 시작하는 초년병답게 어수룩한 면이 말끝마다 묻어 나왔다. 세일즈 경험이 없어서 세련된 맛은 없었지만, 그 대신 순진해서 열정만은 넘쳐났다. 처음 얻은 직장이어서 어떻게 해서라도 회사에 실적을 보여줘야 할 텐데 고민이라며 속마음을 털어놓기까지 했다. 잠깐 만난 사이였지만 제시카는 논리적이기는 해도 고집이 없어서 남의 말을 잘 받아들이는 타입이라는 인상을 받았다.

윈도 패션 비즈니스는 가게 매장에 손님이 있을 때보다 없을 때가 더 많다. 때로는 오전 내내 아무도 찾아오는 사람이 없을 때도 있다. 그날 역시 한가하던 참이라

소년은 알고 싶다

같이 커피나 마시자며 새로 커피를 내렸다. 커피 향이 온 매장 안에 퍼졌다.

제시카는 세일즈 경험 부족으로 낯선 가게에 들어서려면 서먹서먹하고 떨려서 각별한 용기가 필요하다고 했다. 겨우 들어가서 주인을 만나도 자기 말을 들어주는 사람은 없다면서 실적이 하나도 없는데 세일즈를 계속해야 할지 고민이라며 심각한 표정을 지었다.

'그래? 그렇다면 내가 나서서 고민을 덜어주면 어떨까?' 퍼뜩 이런 생각이 떠올랐다. 그것이 내 비즈니스에 도움이 되기 때문이기도 했지만, 왠지 도와주고 싶은 마음이 우러난 것도 사실이었다.

커피를 한 모금 마시고 머그잔을 손에 든 채로 말을 꺼냈다. 세일즈 레이디를 앉혀놓고 주제넘게 세일즈 교육을 한 것이다. 교육의 초점은 어디까지나 자신의 실적을 위해서 최선을 다해야지, 쓸데없이 회사에서 시키는 대로 회사의 이익을 위해서 뛰다가는 낭패를 당할 수 있다고 말해주었다. 연말 결산 시즌이 되면 얼마만큼의 실적을 올렸느냐만 따지지, 회사에 얼마나 많은 이익을 남겨주었느냐는 묻지 않는다. 자신의 실적만 올리면 유능한 세일즈 레이디가 될 수 있다고 설명해주었다. 내가 경험이 많아서가 아니라 TV 연속극에서 들은 이야기를 해준 것뿐이었다.

눈을 깜빡이며 귀 기울여 이야기를 듣던 제시카가 두 팔꿈치를 테이블에 얹어놓더니 바짝 앞으로 다가앉았다. 커피 머그잔을 두 손으로 감싸 쥐고 진지한 표정으로 물었다.

―세일즈에 재능이 있는지, 없는지 아는 방법이 있나요?

나는 마치 경험이 많은 세일즈맨처럼 어깨를 뒤로 쭉 펴면서 거드름을 피우다가 어른스럽게 말했다.

―계속해보는 것뿐이에요. 실적이 이뤄지면 전부를 거는 거죠.

―실적만이 모든 걸 말해주는군요.

쉽게 수긍하는 모양이었지만, 제시카는 실제로 세일즈십을 발휘할 배짱이나 요령이 없어 보였다.

―맞아요. 처음부터 끝까지, 신입사원부터 사장까지 오직 실적만이 성적표예요.

진심이 통했는지 고개를 끄덕이는 제시카의 표정에서

공감대를 읽을 수 있었다. 두 손으로 감싼 커피 머그잔의 온기를 아끼려는 듯 조금씩 커피를 비우며 실적을 올리려면 어떻게 해야 하는지 묻는 제시카에게서 긍정의 빛을 보았다.

이때다 싶어서 한국에는 "누이 좋고 매부 좋고"라는 속담이 있다는 말부터 꺼냈다. 결론에 이르러서는 나에게 남보다 더 많은 할인을 해준다면 나 역시 남보다 더 싸게 많이 팔게 될 것이고, 그렇게 되면 당연히 세일즈 실적이 오를 것 아니겠냐고 말해주었다.

허리를 앞으로 숙이고 내게 바짝 귀를 기울이던 제시카가 조금 뒤로 물러나면서 실망스러운 표정을 지었다.

─내게 주어진 권한이라는 게, 한계가 있어서 선을 넘을 수가 없어요.

제시카는 아쉽지만 그렇게 할 수 없다는 표정을 지었다. 그런 말이 나올 줄 알았다. 미국에서 태어나 자란 사람은 고지식해서 요령을 모른다. 한국에서 자라면서 약삭빠른 사람들 틈바구니에서 치일 대로 치어서 요령으로 똘똘 뭉친 나는 제시카와 비교가 되지 않았다. 하다못해 사람들로 복작대는 종로 길바닥에서도 먹이를 주워 먹는 도시 비둘기 같은 내가 아니더냐.

사실 나는 어려서부터 시장통에서 닳고 닳았다. 굶주림과 가난 속에서 살아온 삶의 배경은 세파를 헤집고 나가는 힘과 참고 견디는 인내력의 원동력이 되어주었다. 나는 주어진 한계선을 넘어야 살아남을 수 있다는 것을 가르쳐주어야 했다.

—지켜야 할 한계선을 넘었지만, 실적이 좋아졌다면 회사에서 해고할 것 같아요?

—글쎄요, 해고까지야 하지는 않겠지만, 규칙을 어겼으니 불이익 정도는…….

제시카는 고개를 갸웃거리면서 아리송한 표정을 지었다.

—무기를 들라는 말은 단순히 들고 있으라는 게 아니라 나가서 싸우라는 말인 것처럼 영업 담당이라는 타이틀을 주었을 때는 타이틀을 들고 다니라는 게 아니라 나가서 실적을 올리라는 말이에요. 잘하고 못하고는 종이 한 장 차이잖아요. 누구든지 잘하는 사람을 좋아해요. 한계선을 넘지 않고 어떻게 잘할 수 있

*겠어요?*

설명을 늘어놓으면서 제시카의 눈을 바라보았다. 나는 제시카의 마음이 흔들리고 있다는 것을 읽을 수 있었다. 기왕에 시작한 세일즈 직업이라면 모든 걸 걸어봐야 한다고 말해주었다. 시도도 해보지 않고 안 될 거라고 지레짐작하는 건 패배자가 되겠다는 것과 다름없다. 최소한도 시도는 해보고, 되면 좋고 안 되면 그때 가서 생각해볼 일이라고 말하면서 제시카의 눈치를 살폈다. 제시카는 진지하게 듣고 고개를 끄덕였다. 기회를 놓치지 않고 다그쳐 물었다.

―*되든, 안 되든 시작은 해놓고 나머지는 하늘에 맡겨야지요. 시작도 하지 않고 물러선다면 나중에 후회할지도 몰라요.*

―*그렇겠네요. 하지만 어디서부터 어떻게 해야 할지…….*

제시카는 어쩔 수 없이 세일즈 경쟁에 뛰어든 바에야 무리해서라도 힘껏 뛰어보겠다며 입가에 미소까지 지어보였다.

나는 할인의 가이드라인을 설정해놓고 1단계 할인을 해주면 단계만큼 실적을 올려주고, 2단계 할인을 해주면 그에 상응하는 단계만큼의 실적을 올려주는 계단식 요법을 제시했다.

제시카는 내가 정한 대로 따라오기로 했다. 서로 적극적으로 밀어주고 당겨주는 공생관계로 접어들었다. 제시카의 도움이 없었다면 나는 그토록 오랫동안 비즈니스를 성공적으로 이어가지 못했을 것이다.

약속한 대로 대리점 매장을 프랜차이즈 식으로 늘려나갔다. 그해 하나이던 대리점 매장이 해를 거듭하면서 4개, 5개로 늘어났다. 당연히 실적은 파죽지세로 올라갔고 이것은 제시카가 진급하는 데 도움이 되고도 남을 만큼의 실적을 이루었다. 나는 매든 회사로부터 '판매왕' 타이틀을 수상했고, 제시카는 최우수 세일즈 레이디로 선정되었다. 그해 제시카는 지역 지배인으로 승진도 했다.

목표치를 달성하기 위해서 신문에 세일 광고를 정기적으로 내보냈다. 신문에 광고를 많이 내다보니 신문사에서 특별대우도 받았다. 때로는 신문사에서 VIP 광고주에게 샌프란시스코 자이언츠 필드 박스 좌석을 선물로 제공해주기도 했다. 필드 박스 좌석은 더그아웃에서 경기를 보는 것과 비슷하게 필드 레벨에서 경기를 즐길 수 있는 특별석이다. 캐처와 일루수 중간에서 치고 나가는 선수들을 같은 눈높이에서 보기 때문에 생동감을 느낄 수 있는 자리다. 내가 필드 박스를 좋아하는 까닭은 더그아웃 바로 옆에 앉아서 경기장에 드나드는 선수들을 가깝게 볼 수 있기 때문이다. 원래 VIP 고객에게는 다이아몬드 좌석을 제공하지만, 나는 5층 다이아몬드 좌석에서 샴페인을 마시는 것보다 필드 박스에서 선수들과 호흡을 같이하는 게 더 좋아서 일부러 필드 박스 자리를 선택했다. 필드 박스 자리에 도착하면 땅콩 한 봉지와 음료수 티켓이 기다리고 있어서 음료 서비스를 대접받았다.

나와 제시카는 신문사에서 제공하는 필드 박스 자리에서 샌프란시스코 자이언츠 야간 경기를 즐겼다. 우리의 데이트는 주로 야간에 이루어졌다.

소년은 알고 싶다

# 37

⋮

매년 대리점 매장 수를 늘려가면서 그만큼 매상고를 올려야만 하는 어려움도 따랐다. 정신없이 뛰어다니면서 모든 시간을 실적 올리는 데에만 급급했지만, 그래도 신나게 뛰어다니는 것이 우리에겐 더할 나위 없이 좋았다. 높은 매상고가 제시카의 성적 평가에 우호적으로 작용하는 것도 좋았고 내게는 그만큼 이득이 된다는 것도 좋았다. 대리점 매장 수를 늘리면 늘릴수록 나와 제시카는 바빠졌다. 모든 시간을 투자해도 모자랄 지경이었다.

짐 매든 사장이 샌디에이고에서 날아올 때마다 제시카는 공항에서 사장을 픽업하기가 무섭게 내게로 달려왔다. 나는 사장과 함께 점심을 먹으면서 마치 내가 슈퍼바이저나 되는 양 제품에 대한 품평도 서슴지 않았다.

―새로 만들기 시작한 실루엣 쉐이드 말입니다. 브래킷이 고정이어서 고객들이 싫어하더군요. 자유롭게 껐다 뺐다 할 수 있게

*다시 만들면 좋겠습니다.*

—아, 그래요? 그러면 디자인을 어떻게 하면 될 것 같아요?

—뺐다 꼈다 하는 오프닝 스위치를 전면에 부착해야 고객들이 쉽

게 조작할 수 있을 겁니다.

—알았어요. 엔지니어에게 새로 디자인해보라고 하지요.

사장은 나의 의견 하나하나를 메모해 가지고 갔다.

제시카는 하루가 멀다고 나를 찾아왔다. 만나면 즐겁고 행복했다. 못 오는 날은 전화라도 걸어왔다. 전화로 그날의 실적을 물어보고 내일의 일정을 물어왔다. 농담인지, 진담인지 애매모호한 표정을 지으며 일정에 깊숙하게 참여하기도 했다. 가야 할 곳과 가지 말아야 할 곳을 정해주는가 하면 만나야 할 사람과 만나지 말아야 할 사람도 가려주었다. 심지어 먹어야 할 음식과 먹지 말아야 할 음식까지 참견하기에 이르렀다. 그래도 어찌된 건지 시시콜콜 참견하는 제시카의 간섭이 싫지 않았다.

소년은 알고 싶다

# 38

가까운 레스토랑에서 제시카와 함께 점심을 먹었다.

―금년도 윈도 컨벤션은 뉴욕에서 열리는데, 참석할 거지요?

―당연히 가야지. 가서 보고 배울 것도 많고, 만나볼 사람들도 있고. 이번 기조연설은 누가 할 거래?

―전직 국무장관 콜린 파월이 할 거래요. 한국에서도 근무했다고 하던데요?

―맞아. 그가 군인 시절에 한국에 갔었지.

왼손에 얼음이 반쯤 찬 컵을 30도 각도로 기울인 다음 오른손으로 펩시콜라를 천천히 따랐다. 잔거품이 일면서 '쨔' 하는 탄산수 음향과 함께 모래알 같은 물방울이 컵 주변으로 흩어졌다. 차가운 펩시를 한 모금 마셨다. 목구멍이 시원해지면서 자극을 받아 쌉쌀했다. 콜라의 첫 모금은 언제나 기분을 상쾌하게 만든다.

우리는 단짝처럼 붙어 다녔다. 컨벤션에도 같이 가고, 같은 테이블에서 마주 앉아서 식사도 하고 쇼핑도 같이 다녔다. 매든 회사 직원들은 우리의 관계에 대해서 이것 저것 궁금해했다. 의심 어린 시선과 질시의 시선을 동시에 받았다. 남이야 어떻게 생각하든 우린 그런 시선을 즐겼다. 오히려 질투 어린 말을 들을 때마다 우리의 행복감은 더욱 깊어갔다. 스무 살 청년이 겪었던 사랑의 설렘을 다시 꿈꾸기에는 너무도 계산에 밝아져 있었지만, 격이 다르다고 해서 사랑도 달라지는 것은 아니었다.

가난과 궁핍한 생활만 겪어본 나로서는 사치라는 글자만 봐도 눈살을 찌푸렸다. 그러나 실용적이고 두고두고 쓸모 있는 것만이 좋은 것이라고 믿고 자란 나의 개념을 제시카가 뒤집어놓았다. 행복의 가치와 본질이 무엇인지 눈뜨게 해주고 가르쳐준 은사였다.

주말에는 뉴욕 시내 관광도 같이 다녔다. 자유의 여신상을 보러 갔다가 여신상에 새겨진 이민자를 환영하는 시도 읽었다.

"지치고 가난한 자, 자유를 갈망하는 자, 풍요의 기슭

소년은 알고 싶다

에서 버림받은 가련한 자 모두 내게 보내라."

　미국으로 오는 이민자를 환영하는 구절이 나를 두고 하는 말처럼 느껴져 가슴에 와닿았다.

## 39

⋮

비즈니스는 바쁘게 돌아갔고 시간을 모두 투자해도 모자를 지경이었다. 제시카와 나는 같이 저녁 먹으러 나갈 시간조차 내기 어려웠다. 그렇다고 포기할 제시카가 아니었다. 투고 음식을 들고 와서 저녁을 같이 먹었다.

―저녁 식사해야지요?

―어, 언제 왔어? 오는 것도 몰랐네.

―맨날 일만 하고 노는 날이 없으면 재미없잖아요? 가까운 바닷가에 나가서 바람이라도 쐬고 기분전환을 해야지, 안 그래요?

―그래? 한번 기회를 만들어보지, 뭐.

전형적인 미국 사람들이 다 그렇듯이 제시카는 눈치가 없는 여자다. 눈치가 없다는 것은 한국식 표현이고 미국식으로 표현하면 직설적이고 곧이곧대로 말하는 성격이다. 눈치가 없어 보인다는 말은 상대방이 좋아하는지, 싫어하는지 표정을 읽는 데 둔하다는 것이다. 사실

소년은 알고 싶다

둔하다는 것도 한국식으로 말해서 그렇지, 미국식으로 말하면 직설적인 화법을 쓰기 때문에 둔하게 보이는 것이었다. 제시카는 곧이곧대로 직설적이다 보니 표현력과 행동이 적극적인 것처럼 보였다.

그렇게 눈치 없이 적극적으로 덤벼드는 태도가 세일즈에 도움이 되기도 했고, 제시카가 내게 끈질기게 다가온다고 오해를 불러일으켰는지도 모를 일이다.

나는 유년 시절에 겪은 여자에 대한 트라우마 때문에 성인이 된 후에도 여자를 대하는 부정적인 면이 남아 있었다. 방어적으로 돌변해서 먼저 다가서지 못하고 거리를 두고 지켜보는 식이다. 나처럼 여자를 대할 때 거부반응부터 일으키는 사람에게는 적극적으로 대시하는 제시카 같은 여자가 어울린다. 그런 면에서 미국 문화로 무장한 제시카는 제격이었다. 우리는 죽이 잘 맞았다. 때로는 치사한 생각도 해보았다. 머릿속 계산기를 두드려보는 것이었다. 둘이서 합치면 잘 살 것 같다는 답이 나왔다.

사랑에 빠지면서 잠 못 이루는 밤이 늘어만 갔다. 잠

을 설쳐도 피곤하지 않았다. 사랑은 체면도 없고 법칙도 없다. 저녁을 같이 먹고 늦게까지 바에서 술도 마시다가 헤어졌다. 그리고 집에 오자마자 수화기를 들고 했던 이야기를 되풀이하다가 잠이 들곤 했다.

아침부터 제시카 생각으로 하루를 시작했다. 어딜 가나 제시카가 떠올랐고, 맛있는 걸 먹으면 제시카도 같이 먹었으면 하는 생각이 들었고, 좋은 걸 보면 제시카를 위해 사 주고 싶었다. 제시카의 마음을 상하게 하는 건 어떤 일이든지 하고 싶지 않았다.

그녀를 행복하게 해주기 위해서라면 무엇이든 할 수 있다는 마음을 억제할 수 없었다.

10년 전에 추 양을 사랑할 때와는 확연히 달랐다.

헤어지면 그립고, 만나보고 싶고, 늘 같이 있었으면 하는 마음은 같지만, 부담감이나 겁이 나지는 않았다. 결혼해도 된다는 마음가짐은 사랑에 빠져들면 들수록 더 깊숙한 감정을 갈망케 했다.

소문이 날까 봐 피해 다닐 염려도 없고, 좋으면 좋다고 말하고, 싫으면 싫다고 말할 수 있어서 좋았다.

추 양을 만날 때의 막연함이나 불안감, 준비되지 않은 두려움으로 괴롭던 때와는 달랐다. 나는 추 양을 만나면서 이 여자가 엄마처럼 나를 버리고 떠난다면 또 다른 응어리가 되어 나를 괴롭힐지도 모른다는 트라우마에 시달렸다.

하지만 제시카를 만나면서는 애초부터 여자에 대한 트라우마 같은 건 존재하지 않았다. 어떻게 하면 제시카를 나의 여자로 만들 수 있을까 하는 생각에 잠이 오지 않았다. 10년이란 세월이 흐른 것이 첫 번째 이유가 되겠고, 결혼해야 할 나이가 지났다는 것도 이유가 되겠으나 무엇보다 가장 근사한 이유는 사람이 다르다는 데 있었다.

미국 여자와 영어로 대화를 나눈다는 것은 지난 세월 동안 한국에서 살았던 기억을 까맣게 잊고 살아가게 만들었다. 새로운 인생으로 태어난 것처럼 의식도 바뀌었다. 나는 딴 사람으로 탈바꿈해 있었다.

정신없이 일에 빠져 지내다가도 제시카를 생각하면 입가에 미소가 절로 흘렀다. 지루하던 일과가 제시카를

만나고 난 다음부터는 신바람이 든 무당처럼 지칠 줄
모르고 뛰어다녔다. 고속도로를 미친 듯이 달려 단숨에
매장 다섯 곳을 두루 살폈다.

　수시로 제시카와 전화 연락을 하면서 서로의 일과를
공유했다.

# 40

⋮

11월의 시작치고는 가을 날씨 같지 않았다. 일어나자마자 반바지에 반팔 티셔츠를 입었다. 나이키 운동화 끈을 단단히 동여맸다. 아침 공기를 가르며 달렸다. 기분이 상쾌했다. 30분을 뛰고 나면 온몸에 땀이 흐른다. 샤워하고 곧바로 일과에 들어갔다.

11월은 연말 결산을 앞둔 계절이다.

경기 순환은 늘 리듬을 탔다. 5년 정도의 주기를 두고 좋아졌다가 나빠지기를 반복했다.

윈도 패션계에도 불황이 닥쳤다. 군소 회사들은 부도가 나면서 도산했고, 그중에서도 괜찮은 축에 속하던 매든 회사도 대기업인 헌터 더글라스에 병합되고 말았다. 병합되면서 짐 매든 사장은 헌터 더글라스의 부사장으로 영입되었다. 매든 사장은 헌터 더글라스로 옮겨가면서 자신이 키워낸 유능한 세일즈 우먼인 제시카를 데리고 가겠다고 했다.

헌터 더글라스 본부는 샌프란시스코에서 1,300마일이나 떨어진 콜로라도 스프링스에 있다.

제시카와 나는 퍼시픽 비치 호텔의 라구나 레스토랑에 앉아서 넘어가는 석양을 바라보고 있었다. 창문으로 보이는 하늘과 바다는 온통 붉게 물들어서 세상이 불타오르는 것처럼 보였다. 녹색 투피스에 망사로 된 숙녀 모자를 쓴 제시카가 창가에 앉아 노을을 바라보는 모습이 지극히 아름다웠다. 고개를 돌릴 때마다 모자에 달린 작은 핑크리본이 깔딱거리며 춤을 췄다. 모든 것을 허락하겠다는 신호처럼 보였다. 다정한 눈빛과 부드러운 억양이 부끄러움을 모르는 철부지 아이처럼 보이기도 했다.

론 스테이크에 바닷가재 요리 접시와 캘리포니아 샬럿 와인을 곁들였다.

행복한 시간은 더 큰 쾌락을 갈망한다. 나는 끓어오르는 욕정을 억제할 힘을 서서히 잃어갔다.

## 41

⋮

라구나 리조트 바닷가 2층 침실에서는 밤새도록 파도 소리가 들렸다. 제시카는 헌터 더글라스 본부가 있는 콜로라도 스프링스로 가야 할지, 말지를 놓고 고민했다.

우리가 헤어져 있어야 할지도 모르기 때문이다.

아침에 침대에서 일어나 슬라이딩 도어의 커튼을 활짝 열었다. 태평양 바다가 한눈에 들어왔다. 가슴이 확 트이면서 새 세상을 맞이하는 느낌이 들었다. 드넓은 바다를 향해 달려가고 싶은 충동이 일었다.

나는 제시카가 누워 있는 침대 시트 속으로 다시 기어 들어 갔다. 들어가면서 그녀를 살며시 보듬었다. 젊음의 욕정은 꺼지지 않는 산불 같아서 가슴이 터질 만큼 끌어안아도 부족함은 여전했다. 얼굴을 비비고, 숨결을 나누며 사랑을 확인했다. 온몸에 감겨오는 부드러운 감촉이 마냥 행복하기만 했다.

─커튼 닫아요. 누가 보면 어떻게 해요?

소년은 알고 싶다

제시카가 가느다란 목소리로 속삭였다.

—보긴 누가 봐. 밝은 하늘과 바다뿐인데.

—하나님이 보고 있잖아요.

—성경에도 쓰여 있어. 하늘의 별만큼 자손을 번창하라고.

—자손을 번창하라고 했지, 섹스를 즐기라고 한 건 아니잖아요.

성경에 같은 행위를 놓고 즐기라는 문구가 빠졌다는 것은 안타까운 일이다. 나는 제시카와 함께 있으면 항아리에 물이 가득 찬 것처럼 아늑하고 평화로운 마음이 가득했다. 흔들리지 않았다.

제시카를 향해 이왕에 휩쓸려가는 물결이라면 그냥 흘러가자고 했다. 제시카는 새 직장을 따라 콜로라도 스프링스로 가기로 마음을 굳혔다.

# 42

⋮

날씨가 쌀쌀하다 했더니 빨갛게 변한 단풍잎이 나무에서 떨어졌다. 잎이 예뻐서 가던 걸음을 멈추고 고운 잎을 주워들었다.

—뭐 해요, 거기서. 들어가지 않고.

앞서가던 제시카가 재촉했다. 재촉에 이끌려 발걸음을 떼기는 했지만, 시선은 아직 단풍에 머물고 있었다. 제시카가 어려서 살던 집을 방문하는 중에 정원수 캐나디안 단풍나무의 단풍을 보고 계절이 가을임을 뒤늦게 알아차렸다.

뉴저지 프랭클린 타운십 근처의 작은 농촌 마을 플레밍턴에 있는 제시카의 고향 집을 찾은 게 이번이 처음은 아니었지만, 방문할 때마다 나는 거북하다는 느낌이 들었다. 장인어른이 될 사람이 어려웠기 때문이다. 예비 장인어른인 로니 올슨(Ronny Olson)은 북아일랜드에서 IRA(아일랜드 공화국: 북아일랜드의 독립파) 운동을 하다가

소년은 알고 싶다

미국으로 건너왔다.

아일랜드는 영국에 붙어 있는 작은 나라다. 국가가 작다 보니 힘센 영국에 합병된 신세다. 마치 조선이 일본에 합병되었던 것과 비슷한 경우다. 아일랜드는 정치적으로 독립하기 위해 부단히 노력하지만 봉기할 때마다 영국 측에서 이들을 폭도로 몰아붙여서 별로 소득을 얻지 못한다. 영국의 지배 정치에 반대하는 아이리시들이 신대륙으로 건너와 투쟁 아닌 투쟁을 지속하는데, 로니도 그중의 한 사람이다.

로니는 오랜 투쟁 속에서 외상 후 스트레스 장애로 약물치료와 정신치료를 받고 있었다. 사회생활이 바뀌었음에도 영국 시골 사투리를 버리지 못하고 그대로 쓰고 있는 것도 증상의 하나다. 나는 로니가 말할 때마다 신경을 곤두세우고 집중해서 그의 말을 들어야 했다. 그래야만 알아들을 수 있어서 힘들었다. 그는 말투만 영국식이 아니라 생각도 구시대적이어서 마주 앉아 있기가 거북했다.

그래도 예비 장모인 캐티는 로니와는 달리 사람이 너

무 좋아 늘 미소를 머금은 얼굴이었다. 스스럼없이 아무 말이나 막 해도 부담감 없이 편했다.

해가 질 무렵 로니가 산책이나 하자고 해서 따라나섰다. 숲길을 걸었다. 숲은 건강하게 잘생긴 숲이었다. 전나무와 떡갈나무가 섞여 있고 개울에는 적으나마 물도 흘렀다. 고요한 숲속에 가끔 새소리도 들렸다. 예쁘게 생긴 새들은 제각기 다른 목소리로 짖어댔다. 자기 이름을 부르며 짖어대는 새가 꽃처럼 예뻤다. 예쁜 만큼 소리도 곱다. 새는 평생 노래만 부르다가 죽을지도 모른다는 생각을 해보았다.

로니가 약혼식은 언제 할 것이냐고 물었다. 나는 약혼식 겸 결혼식을 같이 하면 어떨까 생각하고 있었는데 로니는 다르게 생각하는 눈치였다. 로니는 약혼식을 빼먹어서는 안 된다면서 여자에게 있어서 가장 행복하고 기대에 차 있는 때가 결혼을 앞둔 날들이라고 했다. 로니는 새처럼 즐겁고 행복하게 사는 것도 좋지 않겠느냐고 물었다. 그러면서 기왕에 한 번 살다 가는 인생인데 좋은 날엔 호화를 누려볼 만하다는 것을 강조했다.

나는 마음이 내키는 것은 아니었지만 로니의 의견을
따르기로 했다.

# 43

⋮

샌프란시스코행 창가 쪽 좌석에 앉은 제시카는 창문 덮개를 내리고 눈을 감았다. 나는 제시카의 손을 살며시 잡고 속삭이듯 작은 목소리로 말했다.

─로니가 그러는데, 약혼식을 해야 한다던데? 어디서 했으면 좋을지 한번 알아봐.

의외라는 듯 눈을 뜨고 나를 바라보던 제시카가 묻는다.

─아빠가 그랬다고요? 아빠는 못 말려.

말은 그렇게 하면서도 속으로는 좋아하는 것처럼 보였다. 그러면서 제시카는 말을 이어갔다.

─한 번 가 본 일이 있는데, 리츠 칼튼(The Ritz Carlton) 클럽이 어때요?

리츠 칼튼 클럽은 워낙 유명해서 이름은 들어봤지만, 한 번도 가 보지는 못한 곳이다. 미리 답사해보기로 했다.

소년은 알고 싶다

약혼식 장소를 샌프란시스코에서 해변을 따라 남쪽으로 23마일 떨어진 하프 문 베이(Half Moon Bay) 바닷가에 챔피언십 골프 코스를 2개나 갖춘 리츠 칼튼 클럽으로 잡았다. 태평양 바다가 내다보이는 비밀스러운 룸 '나비오'에서 양가 어른을 모시고 저녁 식사를 하기로 했다.

지평선으로 넘어가는 해가 하늘에 떠 있는 구름을 붉게 물들였다. 금빛 노을이 가득한 석양이 평화롭게 보였다.

테이블은 화사한 꽃들로 장식되어 있었고 중앙에는 부드러운 분홍색 삼단 케이크가 빨간 장미를 여러 송이 매단 채로 놓여있었다. 컨페티 케이크는 실키 이탈리아 메링유 버터크림으로 장식되어 있고 밝은 분홍색 가나슈로 덮여 있었다. 꽃은 아름답기도 하지만 고상하고 품위가 있어서 분위기를 연출하는 데 빼놓을 수 없는 존재다. 아름다운 꽃이 약혼식을 더없이 빛내주었다.

제시카는 외동딸이어서 로니와 캐티, 셋이서 맞은편에 나란히 앉았고 나는 매형 리치와 누나가 옆에 앉았다.

머리를 올리고 엷게 화장한 제시카의 웃는 얼굴이 샹들리에의 빛을 받아서 더욱 화사하게 보였다. 엷은 핑크빛 투피스가 분홍색 삼단 케이크와 조화를 이루면서 환상의 세계를 이루었다. 네모난 접시에 놓인 탑 설로인 스테이크가 저녁 만찬의 메인 메뉴였다.

내가 제시카의 왼손 중지에 3캐럿짜리 다이아몬드 반지를 끼우자 약혼식은 절정에 이르렀다. 제시카와 나는 함께 케이크를 자르면서 결혼을 약속했다.

특별히 주방장이 만들어 보내온 데코레이션이 돋보였다. 케이크를 담을 네모난 접시마다 초콜릿으로 정성 들여 쓴 축하(Congratulations) 메시지가 진심 어린 축복을 더욱 빛나게 해주었다. 접시에 받아 든 부드러운 분홍색 케이크는 스프링클과 크림 같은 바닐라 버터크림으로 가득 차 있어서 촉촉한 맛이 어린 시절의 향수를 불러일으켰다.

케이크의 달콤함이 입안에 가득한 것처럼 우리의 사랑도 넘쳐났다.

# 44

. . .

제시카와 살림을 합치면서 새로 사서 이사한 집은 산등성이에 위치해서 남다른 뷰가 마음에 들었다. 집 밖으로 나가면 곧바로 비탈진 풀밭이 펼쳐졌다. 가을로 접어들면서 수분이 날아간 풀밭은 엄청나게 빠른 속도로 말라 갔다. 척박한 흙은 성질도 거칠어서 며칠만 비가 안 와도 금세 본성을 드러냈다.

풀들도 알아서 짧은 기간에 빨리 성장하고 씨 맺고 자손을 남기려고 바쁘다. 과외 수업을 받은 것도 아닌데 풀들은 스스로 살아남는 기술을 알고 있었다.

어느 생물체건 가르쳐주는 엄마가 없으면 스스로 터득하기 마련이다. 그것도 빨리 터득한다. 한데서 크는 아이는 일찍 철이 들기 마련인 것처럼.

산업화로 발전하면서 한국은 위상을 달리했다. 가난을 털어내고 선진국 문턱까지 다가간 느낌이었다. 한국인 관광객이 늘어나면서 어딜 가나 한국인이 눈에 띄었다. 한국인 식품점도 대형화되면서 먹고 싶은 건 무엇이든지, 얼마든지 구할 수 있게 되었다.

나는 초대받은 처갓집 저녁 만찬에 가져가기 위해서 한국 식품점에 들러 포기김치며 깍두기를 집어 들었다. 특별히 15팩짜리 김도 집었다. 김은 장인 로니가 좋아하는 음식이다.

행복은 메아리의 원칙을 지킨다. 내가 행복을 주면 행복을 받은 사람이 행복해하는 것을 보고 나도 행복해진다. 마치 아이에게 장난감을 사 주었을 때 행복해하는 아이를 보면 나도 행복해지는 것처럼.

추수감사절 저녁을 로니의 집에서 보내는 게 이번이 두 번째였다.

집 안은 닭 고는 냄새와 비슷한 칠면조 굽는 냄새로 가득했다. 붉은 테이블보가 덮인 다이닝룸 테이블 위에 2개의 촛불을 밝혔다. 반쯤 말라버린 잎이 그대로 붙어 있는 작은 도토리나무 가지와 말린 옥수수 서너 개를 담은 바구니가 테이블 중앙에 놓여있었다. 로니와 캐티는 온종일 부엌을 들락거리며 칠면조와 스터핑, 그레이

소년은 알고 싶다

비 소스를 만드느라고 분주했고 제시카는 다이닝룸 테이블에 접시와 은수저를 꺼내놓았다. 은수저는 귀한 손님을 대접할 때만 쓰는 귀중품이어서 찬장 속에 고이 간직해 놓았다. 오늘처럼 특별한 날에만 은수저를 꺼냈다. 내가 칠면조 고기를 좋아한다는 걸 알고 있던 캐티가 올해는 25파운드짜리 큼지막한 칠면조를 굽느라고 시간이 오래 걸렸다고 하면서 나를 바라본다.

아닌 게 아니라 오븐에서 막 꺼낸 칠면조는 크기도 했지만, 반지르르한 브라운 색깔이 보기만 해도 먹음직스럽게 잘 익었다는 걸 알 수 있었다.

창 너머 뒷마당에 붉게 물든 잎 몇 개를 매달고 힘겹게 서 있는 떡갈나무의 앙상한 모습이 집주인 로니를 연상케 했다. 가벼운 바람에도 가랑잎이 날아갔다. 사랑스러운 가을날, 사랑하는 사람들과 함께 있다는 것 하나만으로도 축복이 충만했다.

로니와 나는 부엌에서 저녁 먹고 난 접시며 그릇을 뜨거운 물로 대강 씻은 다음 세척기에 차곡차곡 넣었다. 칠면조를 굽느라고 국물이며 찌꺼기가 눌어붙은 커다란

스테인레스 냄비는 철수세미로 박박 문질러서 얼룩을
벗겨냈다.

로니가 은근슬쩍 물었다.

―결혼 준비는 어떻게 되어가고 있나?

―글쎄, 제시카와 천천히 의논해 봐야지요.

―이거 결혼 준비 업체 명함인데, 한번 알아보는 것도 괜찮을 거
야. 자네나 제시카는 늘 바빠서 시간이 없잖아.

로니가 명함을 건네주었다. 명함에는 'Happily Ever
After(영원히 행복하게)'라고 쓰인 굵은 글자가 보였다. 그
밑에는 작은 글씨로 "결혼 준비는 녹록지 않습니다."라
고 적혀있었다.

우리처럼 바쁜 사람은 결혼 준비를 업체에 맡기는 것이
나을 것이라는 로니의 말에 수긍이 가고도 남았다.

소년은 알고 싶다

# 45

‘영원히 행복하게’ 결혼 준비 업체 사장을 만나러 오클랜드 다운타운 호피 빌딩 12층 사무실로 찾아갔다. 둥근 테이블에 둘러앉아서 마주 보며 인사했다. 사장은 제시카와 내게 서류를 한 장씩 내밀면서 가족 관계를 적어달라고 했다. 서류에는 증조부가 살아 계신다면 증조부의 존함과 할아버지, 할머니 그리고 부모의 이름을 적는 란이 있었다. 그다음으로 형제자매를 적고, 부모님의 형제자매와 사촌들도 적게 되어있었다. 나는 서류를 받아 들고 난감해했다. 빈칸을 채울 사람이 없기 때문이었다. 망설이는 내 눈치를 살피던 제시카가 웃으면서 말했다.

─염려할 것 없어요. 그냥 누나하고 매형 이름만 적으세요. 그게 전부니까.

─그게 전부니까.

제시카의 말을 따라 미러링하면서 나도 웃었다.

결혼식은 나파에 있는 '세인트 크레이어 브라운' 포도 과수원에서 야외 결혼식으로 하기로 정했다. 신부 드레스와 신랑 예복, 사진 촬영과 예식 후 디너, 디너와 댄스 파티, 리무진 예약까지 모든 걸 '영원히 행복하게' 결혼 준비 업체에 맡겼다.

포도 과수원에서는 하루에 결혼식을 한 번만 치르기 때문에 최소 6개월 전 예약이 필수였다. 홀가분하게 '영원히 행복하게' 사무실 문을 나섰다. 이제 결혼식 날을 맞춰 휴가만 얻으면 될 것이다.

틈틈이 시간 나는 대로 '영원히 행복하게'에서 하라는 대로 신부 드레스도 맞추고 신랑 턱시도도 몸에 맞는지 입어보았다. 신부 들러리들의 드레스도 맞췄는데 들러리들이 입는 드레스 비용은 들러리 자신의 지갑에서 지출해야 한다는 미국식 풍습이 마음에 걸렸으나 내가 나설 일은 아니었다.

결혼식을 두 달 앞두고 '영원히 행복하게' 직원들은 제시카와 나를 달달 볶아댔다. 결혼식에 초대할 손님들 명단을 달라고 했다. 초청장을 보내놓고 참석 여부를 반드시 확인받아서 예약에 차질이 없게 해야 하기 때문이다. '영원히 행복하게' 직원들은 철저했다. 초대한 하객이 대략 100명이었는데 하객을 세 그룹으로 나누었다. 결혼 선물은 신혼부부에게 필요한 물건들 리스트를 만들었다. 가격은 대략 50달러에서 100달러짜리로, 구입처를 메이시 백화점으로 지정해주었다. 결혼 선물 리스트를 올렸다는 소식을 친지들에게 알려주었더니 2주 정도 지나자 결혼 선물들이 택배로 배달되었다.

'영원히 행복하게' 직원들은 선물이 겹치지 않게 이미 구매가 이뤄진 물건은 리스트에서 삭제했다. 가격이 가장 저렴한 50달러짜리 선물부터 빠르게 선택되어 나갔다. 선물 리스트에서 구매 기회를 놓친 친지들은 백화점 선물 카드를 보내오기도 했다. 집 현관은 택배로 배달된 선물들로 가득했다. 제시카는 결혼식이 끝나고 신혼여행에서 돌아온 다음에 친구들과 함께 선물 오프닝 세리머니를 할 것이라면서 선물들을 현관에 쌓아놓았다.

나는 처음 접하는 생소한 결혼 문화에 이방인이 되어서 그저 따라다니기만 했다.

'영원히 행복하게' 직원들과 온종일 같이 다니면서 이 것저것 해야 할 것도 많았다. '카렌 맞춤 케터링'에 가서 음식 맛을 보고 선택하는 것부터 만찬과 댄스 파티가 열릴 헐스트 홀에서 예행연습도 했다. 신랑, 신부 화장 을 하고 드레스며 예복을 차려입고 금문교 공원에 가서 사진을 먼저 찍었다. 주례를 보는 친구와 신부 들러리, 친지들이 모여서 리허설도 했다. 리허설이 끝난 뒤에 모 두 모여 저녁을 함께하면서 분위기가 점점 달아올랐다. 그러나 나는 이것저것 머릿속에 입력해야 할 게 많아서 머리가 지끈거렸다. 결혼식을 전문 준비 업체에 맡겼다 해도 거저먹기는 하나도 없이 일일이 우리가 나서서 해 야만 했다. 리허설까지 마치고 났더니 몸이 까부라질 지 경이었다. 제시카도 온종일 시달렸으니 피곤하련만, 그 래도 행복해 보였다.

하나에서 열까지 처음 겪는 일이어서 신경이 곤두섰 다. 일일이 배우면서 기억했다가 실수 없이 해내야 한다 는 책임감에 긴장되고 초조했다. 초조해하기는 제시카도 마찬가지인 모양이다. 실수가 연방 터져 나왔고 실수할

소년은 알고 싶다

때마다 행복한 웃음도 같이 터져 나왔다.

결혼식 전날, 우리는 세인트 크레이어 브라운 포도 과수원에 딸린 호텔에 투숙했다. 마음이 뒤숭숭하고 들떠서 잠이 오지 않았다. 와인을 한 잔씩 나눠 마시고 뜨거운 물에 목욕까지 했는데도 좀처럼 잠이 오지 않았다. 지금 세상에는 여봐란듯이 결혼하는 게 대세라지만, 나는 너무 호화롭고 과분한 결혼식을 올리는 건 아닌가 하는 생각도 들었지만, 제시카는 전혀 그렇게 생각하지 않는 것 같았다.

로니와 캐티 그리고 매형과 누나도 같은 호텔에서 묵었기에 그나마 마음이 놓였다. 멀리서 온 하객 중에는 같은 호텔에서 묵는 이들도 더러 있었다.

# 46

· · ·

아침 햇살이 눈 부셨다. 새로운 날의 시작을 알리기에 충만한 빛이 창문을 통해 쏟아져 들어왔다. 오늘은 신부의 날이다. 제시카의 입술에 가볍게 키스하고 일어날 것을 재촉했다. 처음 가는 길은 모든 게 새롭다. 새로운 길은 기대와 흥분을 불러온다.

결혼식은 토요일 오후 2시에 시작하기로 되어있었다. 시간이 충분할 것 같았으나 은근히 바빴다. 아침 먹으러 갈 시간조차 빠듯했다. 마침 베스트맨인 길버트가 일찍 와서 거들어주는 것이 고마웠다. 누나와 매형 리치 그리고 조카 리치 주니어도 일찍 일어났다. 헌터 더 글라스 직원들은 버스를 대절해서 오기로 되어있었다.

'영원히 행복하게' 여직원이 제시카를 독촉했다. 신부 화장실로 와 달란다. 나는 가기 싫다는 제시카를 억지로 앞세워서 식당부터 다녀와야 했다. 온종일 먹을 기회가 없을 터이니 아침을 든든히 먹어둬야 한다. 흰 테

소년은 알고 싶다

이블보가 덮인 작은 테이블을 사이에 두고 마주 앉았다.

—들러리 말이야. 오늘 하루만 입는 드레스를 각자 자기 돈으로 사서 입어야 하는 거 너무 부담되는 거 아니야? 가격도 만만치 않을 텐데.

나는 은근히 걱정돼서 제시카에게 물어보았다.

—무슨 소리야. 평생에 한 번 들러리로 선정될까 말까 한 영광인데, 그까짓 드레스 가격이 문제야?

제시카는 눈을 흘기며 말했다. '그게 그런가?' 하는 생각이 들었다. 누구에게는 낭비처럼 보이고 누구에게는 영광으로 보이다니……

제시카의 들러리는 고등학교 동창인 미셸과 대학교 동창인 엘리자베스가 서기로 했다. 들러리라고 해서 신부가 들러리 옷을 해준 것도 아니고 각자 자기 돈으로 맞춰 입었건만, 모두 행복해 죽겠다는 표정이었다.

주례를 보기로 한 제시카의 단짝 친구 올리비아는 많이 긴장되는 모양이었다. 제시카에게 연거푸 전화를 걸어와 진행 상황을 알려주는가 하면 직접 우리 방으로 찾아와 커피를 두 잔이나 마시면서 무척 떨린다고 했다. 하긴 나이 들어서 경험이 있는 사람도 긴장될 터인데 신부와 같은 나이인 올리비아로서는 초조하고 불안해하는 게 당연해 보였다.

미국에서는 법적으로 결혼식과 장례식은 반드시 성직자만이 집례할 수 있다. 성직자가 아닌 사람이 주례를 서려면 임시 성직자증(Ordained Minister)을 취득해야만 하기에 친구 올리비아도 급히 공부해서 3일짜리 '올데인드 미니스터' 자격증을 땄다. 주례사는 하고 싶은 대로 해도 되지만, 주례사 끝에는 반드시 하나님 앞에서 맹세한다는 문구를 빼먹어서는 안 된다.

"오늘부터는 좋을 때나, 나쁠 때나, 부자일 때나, 가난할 때나, 건강할 때나, 병들었을 때나, 죽어서 헤어질 때까지 사랑하고 돌봐줄 것을 하나님 앞에서 맹세합니다."라는 선서를 해야만 한다.

소년은 알고 싶다

# 47

⋮

헐스트 홀 뒤뜰에는 끝이 안 보이는 포도 과수원이 펼쳐져 있었다. 홀 바로 앞 잔디밭 정원에서 예식이 벌어질 예정이다. 잔디밭 중앙에 붉은 카펫을 깔고 양편으로 하객들이 앉을 흰색 의자가 줄지어 놓여있었다. 장미꽃으로 장식한 커다란 아치를 배경으로 나는 베스트맨 길버트를 대동하고 서서 오늘의 주인공인 제시카를 기다렸다. 하객들의 시선을 한 몸에 받는 게 부담스럽기도 하고 흥분도 되었으나 거쳐야 하는 무언의 공식 같은 거였기에 꾹 참고 기다렸다.

피아노 연주가 흘러나오면서 들러리 미셸의 어린 딸이 꽃잎을 뿌리며 나왔고 들러리들이 천천히 뒤따라 나왔다. 긴장되고 초조했다. 피아노 연주의 톤이 높아지더니 로니의 팔을 가볍게 잡은 신부가 나타났다. 오른손에는 부케를, 왼손은 로니의 팔을 잡고 걸어 나오는 제시카의 미소 띤 얼굴이 흰 드레스와 함께 어우러져 눈이 부셨다. 웨딩드레스를 붉은 카펫에 길게 늘어뜨렸으면서도 살며시 끌면서 걸었다. 천천히 다가오는 제시카는 행복하다는 표정을 지으며 연신 웃음을 잃지 않았다. 제시카가 즐거워서 웃는 바람에 나도 따라 웃어야 했다. 신부는 아름다웠다. 천사가 따로 없다는 생각이 들 정도로 성스러워 보였다.

주례를 맡은 제시카의 친구 올리비아가 자리를 정리하고 제시카와 나를 마주 보게 했다. 나는 리허설까지 했으면서도 긴장해서 그런지 아니면 하객들을 의식해서 그런지 주례사를 읽는 올리비아의 말이 하나도 귀에 들어오지 않았다.

약혼식에서 사용했던 다이아몬드 반지를 베스트맨 길버트가 들고 있다가 내게 건네주기에 주례의 멘트에 따라 제시카의 왼손 중지에 끼워주었다. 주례가 신랑, 신부에게 키스를 주문해서 가볍게 키스했다. 짓궂게 다시 하라는 바람에 이번에는 길게 해야만 했다. 하객들로부터 웃음소리가 들려오는가 하면 손뼉 치는 소리도 들렸다.

나와 제시카는 돌아가면서 사진 찍으랴, 축하 인사를 받으랴 몸이 둘이라도 감당할 수 없으리만치 바쁘고 번거로웠다.

5시가 넘어서야 헐스트 홀 만찬장에 들어섰다. 헤드 테이블에 앉았지만, 음식을 보고도 먹을 수가 없었다. 그래도 나는 한두 점 입에 넣었으나 제시카는 아무것도 먹지 않았다.

홀 중앙에는 흰색 테이블보가 덮인 웨딩 케이크 테이블이 자리를 차지하고 있었다.

둥근 테이블에 똬리를 틀고 앉아 있는 눈부신 화이트 아이싱 5단(Tiers) 웨딩 케이크의 높이가 내 키에 버금갔다. 하얀 케이크에 돌아가면서 같은 흰색 크림으로 꽃과 넝쿨을 섬세하게 새겨놓아 우아하고 품위 있어 보였다. 단마다 연한 분홍색 장미 두 송이와 붉은 장미 한 송이를 초콜릿으로 만들어 한데 묶어서 얹어놓았고 맨 윗단에는 연분홍 초콜릿 장미 다섯 송이가 얹혀 있었다.

결혼 예식에서 하이라이트는 웨딩 케이크를 자르는 순

서다. 하객 모두가 기립해서 신랑, 신부의 합쳐진 손이 번득이는 은빛 칼을 잡고 케이크를 자르려는 순간을 볼 때의 긴장감이란…….

칼끝이 케이크 속으로 들어가는 모습을 보면서 하객들이 터트리는 함성과 박수 소리가 홀 안을 가득 메웠다.

웨딩 케이크 커팅 세리머니는 출산과 다산을 의미해서 우리의 전통 폐백과 같은 의미를 지닌다.

신랑, 신부의 입에 케이크 한 조각씩 넣어주는 퍼포먼스가 있어서 내가 먼저 작은 케이크 조각을 신부 입에 넣어주었다. 신부는 오물오물 맛있게 먹으면서 내 입에 케이크를 넣어주었다. 그 순간 누군가가 제시카 뒤에서 케이크 든 손을 툭 치는 바람에 흰색 케이크 크림이 마치 서커스 광대 크라운처럼 나의 입가에 범벅이 되고 말았다. 웃자고 하는 짓이었기에 지켜보던 하객들이 "까르르" 하고 웃음을 터트렸다.

'영원히 행복하게'에서 보내준 도우미가 냉장고에 보관했다가 결혼 일주기에 사용할 것이라면서 케이크의 맨

꼭대기 단인 장미 다섯 송이가 얹혀 있는 단을 떼어내
별도로 박스에 담아 가져갔다.

## 48

⋮

어수선해서 저녁 만찬을 드는 둥, 마는 둥 했더니 시간이 지날수록 배가 출출했다. 숨겨두었던 에너지바 하나를 꺼내 먹으면서 제시카에게도 건네주었다. 온종일 제대로 먹지 못한 데다가 저녁까지 설쳤으니 에너지바로라도 힘을 내야 했기 때문이다. 흥겨운 삼인조 밴드의 연주에 맞춰 댄스파티가 벌어졌다. 맨 먼저 신부와 신부 아버지 로니가 춤을 추었다. 그다음에 나는 로니에게서 신부의 손을 건네받아 하객들 앞에서 춤을 추었다. 블루스한 곡이 끝나갈 무렵, 그동안 참느라고 힘들었다는 듯이 쌍쌍이 앞으로 나왔다.

홀 안은 어둠침침했고 음향이 너무 높아서 웬만한 대화는 귀에다가 대고 말하지 않으면 잘 들리지도 않았다. 여러 쌍이 신나게 춤추며 돌아가는데 갑자기 음악이 멈추고 사회자가 마이크를 잡았다. 결혼한 지 5년 미만인 커플들은 자리로 돌아가 앉아달라고 주문했다. 서

소년은 알고 싶다

너 커플이 자리로 들어갔다. 다음은 10년 미만인 커플도 자리로 들어가 달라고 했다. 그리고 20년 미만인 커플……. 마지막까지 남은 커플은 결혼한 지 30년 된 로니와 캐티뿐이었다. 장인, 장모 두 사람이 음악에 맞춰 느리면서도 행복하게 춤을 췄다.

서 있는 신부 뒤에서 신부의 친구들이 부케 다발을 기다리고 있었다. 처음부터 제시카는 올리비아가 부케를 받았으면 좋겠다고 했다. 들러리를 위시해서 여러 명이 기다리고 있는 모습을 확인한 제시카가 돌아서서 부케를 힘껏 던졌다. 적극적으로 달려드는 스타일이 아닌 올리비아에게는 차례가 가지 않았다.

사회자가 신부 팬티 벗기기를 할 것이라고 알렸다. 나는 매우 쑥스럽기도 했지만, 한편으로는 궁금하고 흥미롭기도 했다. 하지만 빨리 지나갔으면 하는 마음이 더 컸다. 신부 팬티 벗기기는 모두 둘러서서 지켜보는 앞에서 신부가 의자에 앉아 있고 신랑인 내가 신부 웨딩드레스 속으로 기어들어 가 신부의 팬티를 벗기는 것이었다. 정말로 팬티를 벗기는 건 아니고 미리 허벅지에 찬

검정 밴드를 벗기는 것이다. 하객들은 신이 나서 손뼉을 치고 휘파람도 불면서 빨리 벗겨내라고 아우성쳤다. 다이닝 의자에 앉아 있는 신부 웨딩드레스 안으로 엎드려 기어 들어갔다. 제시카가 오른쪽 엉덩이를 살짝 들어줘서 그나마 쉽게 검정 팬티를 끌어 내릴 수 있었다.

신부의 검은 팬티를 손으로 번쩍 들어 보여주면서 손가락으로 승리의 V자를 지어 보였다. 지켜보던 하객들도 덩달아 기뻐서 웃음보가 터졌다. 손뼉을 치는가 하면 아우성치는 소리에 더러는 웃기는 농담 소리도 들렸다. 나도 모르게 그 순간 대박이라는 생각이 머리를 스쳤다.

던져줄 테니 받으라고 했더니 친구들이 우르르 모여들었다. 나는 돌아서서 뒤로 팬티를 힘껏 던졌다. 누가 받았는지 보지도 못했지만, 웃음과 떠드는 소리로 보아 누군가는 매우 기뻐하는 것 같았다. '영원히 행복하게' 결혼 준비 업체에서 제공해준 팬티처럼 보이게 만든 가짜 팬티였다.

그날 밤에는 호텔 방 15개를 예약해 놓고 나와 제시카의 친구들은 밤을 새워 춤추며 즐겼다.

소년은 알고 싶다

# 49

신혼여행은 카리브해역의 작은 섬인 케이맨 아일랜드로 갔다. 에메랄드빛 바다와 하얀 모래사장 그리고 선들바람이 마음을 느긋하게 만들어주는 매력이 넘치는 섬이다. 바람이 야자수 잎을 비비며 빠져나오는 소리가 음악 소리보다 아름다웠다. 조용하고, 평화롭고, 범죄도 없이 늘 따뜻한 섬이어서 천국일 것 같지만, 허리케인이란 복병이 숨어 있다. 학질을 앓듯 일 년에 한두 차례 허리케인이 휩쓸고 지나가면 섬은 다시 깨끗해지고 조용해진다.

세금이 없는 케이맨 아일랜드는 부자들의 낙원이다. 부자들의 검은돈이 숨어 있어서 그런지 섬의 화산석도 검은색이다. 쇼핑도 세금이 없어서 저렴했다. 섬에는 유난히 보석상이 많았다. 제시카와 나는 보석을 살 생각도 없으면서 사려는 것처럼 표정을 관리하면서 보석상에 들어섰다. 순금 롤렉스 시계를 차 보았다. 너무 무거워서 팔죽지가 늘어날 것만 같은 느낌을 받았다. 보석상은 나에게 평생을 차도 싫증이 나지 않는 시계라며 은근히 사라고 부추겼다. 나는 금딱지 롤렉스 시계를 차고 다녔다가는 생명이 온전치 못할 것이라는 엉뚱한 생각을 했다. 제시카는 팥알만 한 다이아몬드 반지를 손가락에 끼어보았다. 입가에 만족스러운 웃음이 흘렀다. 그냥 놓고 나오기에는 멀쑥했으나 점잖게 고개를 까딱여 인사하고 돌아섰다. 다음 상점으로 향하면서 우리는 실컷 웃고 행복해했다.

# 50

⋮

　느지막하게 일어나 브런치로 식사를 했다. 운동도 할 겸 공원으로 나갔다. 흰 운동화에 청바지를 입고 하늘색 러닝셔츠만 입었다. 제시카도 나와 어울리게 간단한 운동복 차림이었다. 봄을 즐기려는 사람들이 제법 많았다.

　공원 입구 한쪽에는 거북이 농장도 있었다. 케이맨 섬은 대서양 거북이들의 산란장이기도 하다. 솥뚜껑만 한 거북이는 5~9월의 산란기에 섬으로 돌아와 한 마리가 하룻밤 사이에 대략 150개의 알을 낳는다. 모래사장을 파고 알을 낳은 다음에 모래로 덮어 놓고 섬을 떠난다. 부화 기간은 60일 정도 걸리는데, 햇볕에 의한 기온이 낮으면(화씨 70~75도) 수놈으로 태어나고, 기온이 높으면(화씨 90~95도) 암놈으로 태어난다. 기온이 중간쯤(화씨 80도)이면 성별이 50:50의 비율로 태어난다. 그리고 기온이 화씨 100도가 넘으면 다 죽고 만다는 해설사의 말을 귀담아들었다. 해설을 들으면서 제시카와 나는 누가 먼저라고 할 것도 없이 서로 마주 보며 입가에 미소를 흘렸다. 제시카 배 속의 아기는 기온이 낮은 화씨 70도 겨울에 임신했으니 아들이 분명했기 때문이다.

소년은 알고 싶다

# 51

거북이 농장을 지나면 길을 따라가면서 박태기나무들이 줄지어 서 있었다. 가지마다 꽃이 악다구니하듯 다닥다닥 붙어서 피어 있었다. 박태기나무를 보고 눈인사를 나누었다.

미처 잎이 나기도 전에 나뭇가지마다 꽃망울 터지는 소리가 들려온다. 활짝 핀 꽃, 반쯤 벌어진 꽃, 이제 막 터지려는 꽃. 꽃들이 경쟁하듯 먼저 피려고 악을 쓰는 모습이 아름답다. 환하게 웃는 꽃의 얼굴에 귀를 대고 꽃들의 속삭임을 엿들었다. 봄은 벌써 저만큼 가는데, 매화는 지나간 지 오래인데, 벚꽃도 바람에 날려 꽃잎이 다 떨어졌는데, 박태기나무꽃은 게으른 봄맞이가 부끄럽다고 얼굴을 붉히며 소곤댄다.

나는 상쾌한 마음으로 제시카에게 정답게 말했다.

—얼마나 아름다운 아침인가. 눈 부신 햇살이 박태기나무꽃으로 쏟아지고, 미풍에 날아오는 풀냄새. 허니! 우리는 세상에서 가

장 행복한 커플이야. 안 그래?

—물론이에요, 나도 행복해요.

제시카와 나는 서로 마주 보며 웃었다.

—이 꽃이 무슨 꽃이에요?

—벚꽃 같지만 이건 박태기나무꽃이야, 박태기나무꽃의 꽃말은
 배신이야, 예수님을 배신한 유다가 이 나무에 목을 매 죽었다
 고 해서 붙여진 이름이지.

나는 어딘가에서 읽고 기억해두었던 박태기나무꽃의
꽃말에 대해서 자세히 설명해주었다.

깜짝 놀라는 표정으로 제시카가 고개를 갸우뚱하면
서 말했다.

—그래요? 이번 주가 부활주일인데 참 이상하네요.

그녀는 의문이 섞인 표정을 지으며 말을 이어갔다.

—유다가 목을 맬 때가 이즈음이라면 이렇게 아름다운 꽃이 만발
 한 박태기나무에 목을 맬 수 있었을까요? 사람의 심성으로는
 도저히 있을 수 없는 사건이네요.

제시카의 말을 듣고 보니 그것도 맞는 말이다. 아무리
그래도 그렇지, 유다도 사람인데 아름다운 꽃이 만발한

나무에 목을 매다니……. 고개가 절로 갸우뚱해지면서 의구심이 들었다.

하지만, 나의 할아버지도 봄날에 꽃 같은 손자들을 놔두고 목을 매 돌아가셨으니 할 말이 없다. 죽기에 급급한 사람에게는 꽃도 아름답게 보이지 않는 모양이다. 갑자기 행복했던 기분이 사라지고 우울해졌다. 한 번 떠올린 기억은 금세 지워지지 않았다. 합당한 시간만큼을 잡아먹고서야 그제야 물러난다.

그날 공원을 돌아 나오는 내내 나는 할아버지 생각으로 우울했다. 제시카는 그것도 모르고 혼자서 기분이 좋아서 웃고 떠들었다.

**4부**

소년은 알고 싶다
A Certain Secret

# 52

⋮

한 시간을 걸어도 덥지 않은 게, 분명 가을은 가을인
가보다.

따듯한 오후의 햇살을 받으며 능선을 따라 걸었다. 마
른 풀냄새가 코끝을 스치고 지나갔다. 기분이 좋은 게
행복할 때의 느낌 그대로다. 언덕 위에 다다르자 복자
기나무에 단풍이 곱게 물든 모습이 눈에 들어왔다. 다
리 건너 저 멀리 샌프란시스코 고층 빌딩이 한눈에 들
어온다. 가깝게 오클랜드 공항에 착륙하는 비행기가 조
용히, 그것도 사뿐히 내려앉는 모습이 지극히 평화롭다.
언제나 멀리 보이는 풍경은 아름답다. 먼 곳을 바라볼
때면 지나온 세월을 돌아보기도 한다.

한창 바쁘게 일할 때다. 아들은 직장에, 딸은 대학교
기숙사에 가 있었고 아내는 콜로라도 스프링스에서 근
무하는 관계로 집엔 아무도 없었다. 덩그러니 큰 집을

소년은 알고 싶다

혼자 지키고 있는데 한밤중에 전화벨이 요란하게 울렸다. 받아봤자 쓸데없는 광고 전화일 것 같아서 받지 않았다. 대신 누가 거는지 전화 녹음기에 남기는 소리를 먼저 듣고, 받을지 말지를 결정해온 지도 오래됐다. 귀에 익은 목소리가 깔깔하게 들렸다. 서울에 있는 고종사촌 형님한테서 온 전화다. 얼른 수화기를 들었다.

큰고모가 돌아가셨단다. 심근경색으로 쓰러지셨다가 고통 없이 돌아가셨다고 알려주는 형님의 목소리가 담담하게 들렸다. 그동안 한 번도 찾아뵙지 못했다는 죄책감에 마음이 무겁다 못해 괴롭고 애석했다. 양심이란 한낮 고양이 낮짝 같아서 숨어 있다가도 때가 되면 삐죽 얼굴을 내밀어서 심금을 울린다.

한국에서 살았다면 명절이나 대소사에 큰고모네 집을 오갔을 것이다. 자식들 결혼시키려면 당연히 친척들이 한자리에 모이기 마련이니까 만나야만 했겠지…….

한국이 좋은 점은 안 보고 살다가도 명절이나 제삿날이면 모이게 되어있어서 싫든, 좋든 만나야 한다는 점이다. 이런저런 일로 일 년에 한두 번은 만난다. 그러나 미국에서 살면 제사도 없고 한국서처럼 명절도 쇠지 않기 때문에 모일 기회가 없다. 만나지 않다 보면 친척도 남이나 다를 바 없다. 남의 말처럼 듣고 흘리기 마련이다.

하지만 큰고모는 다르다. 큰고모가 내게는 어머니나 마찬가진데, 나는 20대에 미국으로 건너오면서 룰루랄라 뒤도 안 돌아보고 살았다. 한 번도 한국에 나가지 않았으니 큰고모와는 점점 멀어지다가 끝내 뵙지도 못하고 돌아가셨다. 어쩌다가 전화를 드려본 적은 있었으나 그것도 정말 어쩌다가였다. 너무 무심했다는 죄책감도 들고 불효라는 생각도 들면서 마음이 편치 않았다.

관심이 없다 보니 고종사촌 형님네는 아이가 몇인지, 어떻게 키웠는지도 알지 못했다. 간간이 들려오는 소식도 있었지만, 곧 잊어버리곤 했다.

남은 아니지만 남처럼 지낸 지도 수십 년이 흘렀다. 친척도 연락을 끊고 살면 남이나 마찬가지다.

# 53

⋮

　적어도 너는 나가봐야 하지 않겠느냐고 누나가 심드
렁하게 말했다. 누나는 처음부터 갈 생각이 없는 것 같
았다. 아무리 세월이 흘렀어도 고종사촌 오빠들이 지겹
다면서 보고 싶지 않아 가지 않겠다고 했다.

　누나는 그날 처음으로 어려서 큰고모네 집을 뛰쳐나
가던 때의 이야기를 들려주었다. 그때 작은 오빠가 대
학에 막 입학했는데 누나를 수시로 괴롭혔다고 했다.
몇 번이고 겁탈까지 하러 들어서 할 수 없이 도망 나갔
단다.

　나는 처음 듣는 이야기였지만, 내가 함께 지내면서 실
제로 겪어 본 형들은 그러고도 남을 인간이라는 생각이
들었다. 몹쓸 짓을 돌아가면서 해대서 큰고모 속을 무
척이나 썩이는 걸 보면서 자랐기 때문에 형들의 사람 됨
됨이를 잘 알고 있었다.

　나는 고종사촌 형들이 미웠다. 고모네 집에서 자라면서

늘 소외감을 느꼈고 보이지 않는 눈총을 받았다. 형들은 내가 끼어드는 걸 반기지 않았다. 먹는 것도 형들이 두 개 먹을 때 나는 하나만 먹어야 했다. 더 먹고 싶어도 안 먹고 싶은 척하면서 표정 관리를 해야 했다. 눈치 보기와 요령 피우기는 그때 터득한 재주 아닌 재주다.

한 번은 형들과 동대문 운동장 부속 수영장에 놀러 갔다. 내가 초등학교 3학년 여름방학 때였다. 나는 낮은 곳에서 물장구를 치며 놀았고 형들은 깊은 곳에 있었다. 물속에서 한참 놀다 보니 배가 고팠다. 이제 집으로 돌아갈 때가 된 것 같아서 형들을 찾았다. 그러나 형들은 없었다. 아무리 둘러봐도 없었다. 의아해하면서 나를 놔두고 자기들끼리만 집에 갔나 하고 의심했다. 혼자서 터덜터덜 걸어서 집으로 가면서 날 놔두고 둘이서만 가다니 야속하다고 생각했다. 집에 왔는데 집에도 없었다. 나중에서야 안 사실이지만, 형 둘이서 수영장 밖 길가에서 맛있는 호떡을 사 먹었단다. 그런 형들을 나는 나이가 들고도, 오래도록 미워했다.

소년은 알고 싶다

# 54

:

한국행 비행기를 탔다. 살기 좋아진 세상이 되면서 한국에 드나들기도 쉬워졌지만, 나는 구태여 가보고 싶은 생각이 없었다. 큰고모가 돌아가시지만 않았다면 나는 영영 한국에 가지 않았을지도 모른다.

미국에서 가정 꾸려나가기에 바쁘기도 했지만, 이미 인과관계가 다양해져서 한국에 가고 싶다는 생각조차 나지 않았다. 처음 미국에 와서는 죽도록 한국에 가고 싶었던 것도 사실이지만, 어느 고비만 넘기면 그때부터는 가도 그만, 안 가도 그만이 되고 만다. 결혼하고 바쁘게 살면서 가보고 싶은 생각이 사라지고 말았다.

인천 국제공항은 샌프란시스코 공항을 닮은 것 같으면서도 그보다 훨씬 웅장하고 규모가 커 보였다. 새 공항답게 깨끗하고 직원들도 친절했다.

유별나게 흰머리가 많아 나이보다 더 늙어 보이는 큰형님이 공항에 마중 나온 것을 보고 놀랍기도 하고 반

소년은 알고 싶다

갑기도 했다. 나이로 치면 이제 겨우 예순다섯인데 머리가 하얘서 고령자처럼 보였다.

공항에는 고종사촌 형님 부부와 아이들 그리고 친척이 나와 있었다. 환영 나온 친척이 많아서 어리둥절했다. 내가 김포공항에서 미국으로 떠날 때는 아무도 환송 나온 사람이 없었다. 나를 얕잡아보고 업신여기며 말도 걸어오지 않던 형님이 그때와는 비교가 안 되게 후한 대접을 해주었다.

―형수님이시다. 얘는 내 손주고, 쟤는 손녀고, 그 옆의 애는 작은
　고모네 딸이다.

처음 보는 아이들이 귀여워 보였다. 꽃다발까지는 없었지만 오랜만에 찾은 고국에 마치 금의환향하는 기분이었다. 형님이 운전하는 차를 타고 가는 동안 형님은 많은 걸 알고 싶어 했다.

―네 처가 미국 여자라며? 그래, 아이는 몇이냐?

―아들 하나 딸 하나, 둘이에요.

―누구를 닮았어? 네 처를 닮았으면 예쁘겠네?

―딸은 엄마를 닮고, 아들은 날 닮았어요. 닮았으면 뭘 해요. 애

들은 미국 앤데요, 뭐.

—왜! 한국말을 못 해?

—한국말 곧잘 해요. 주말마다 한국어 학교에 보냈더니 어눌하기
는 해도 그런대로 알아듣고 말도 잘 해요. 김치도 좋아하고요.

—그래? 우리 손주들은 김치는 안 먹고 피자나 햄버거만 좋아하
는데 거꾸로 됐구나. 손자들이 영어 배우느라고 야단들이다. 너
희 집에 가면 금방 배울 텐데…….

형님의 말투에서 일견 부러워하는 기색이 느껴지면서
도 한편으로는 손주들을 너의 집으로 보낼 테니 영어 잘
가르쳐 주라고 부탁할까 봐 은근히 겁도 났다.

곧바로 병원 영안실에 들렀다가 형님네 아파트에다 짐
을 풀었다. 아파트가 널찍하면서도 아늑한 게 편안해 보
였다. 네 짝 자리 슬라이딩 도어로 밖이 훤히 내다보이는
가 하면 발코니도 있었다. 10층이라 그런지 저 밑 땅에서
걸어가는 사람들이 개미처럼 작게 보였다.

집에서 먹었으면 좋겠건만, 오늘같이 기쁜 날 한 상 차
려 주겠다면서 맛있는 음식점으로 끌고 나가는 게 부담
스러웠다. 불고기며 갈비를 먹으라고 하는데 모두 한우

소년은 알고 싶다

라고 했다. 내가 먹기에는 그게 그 맛인데도 형님 내외
는 맛이 다르다며 안 그러냐고 진지하게 물어서 대답을
강요당한 것 같은 느낌이 들었다.

# 55

⋮

장례식장에서 만난 막내 고모는 나를 보고 무척 반가
워했다.

늙었다고는 해도 피부 관리를 잘해서 그런지 얼굴도
팽팽하고 주름살도 별로 없어 보였다. 막내 고모가 서
울로 이사 와서 살고 있다기에 한번 찾아뵙기로 했다.

이 나이에 옛날 일들을 터놓고 이야기하면서 공감대를
향유할 수 있는 고모가 있다는 것도 복이다. 작은고모는
일찍 돌아가셨고 이번에 큰고모가 돌아가셔서 막내 고
모만 남았다. 막내 고모는 일흔여섯이지만, 이제 칠십도
안 된 노인처럼 팽팽하고 말똥말똥해서 본인도 구십 넘
는 건 자신 있다고 웃으면서 말했다.

객관적으로 봐도 칠십이 넘었다고는 보이지 않았다.
고모를 보면서 과연 백세시대가 오긴 온 모양이라는 생
각도 들었다. 막내 고모와 한 살 차이인 엄마도 막내 고
모처럼 안 늙었으면 좋겠다는 생각도 해보았다.

소년은 알고 싶다

사람은 늦복이 있어야 한다던데 막내 고모는 복이 많아서 강남에서 엄청 부자로 산다고 했다. 재산 다 놔두고 가기가 아깝다고 애석한 표정을 지으면서 말하곤 했다.

작은고모가 여학교에 다닐 때는 공부도 잘하고 똑똑해서 날렸다고 한다. 이웃 남학교 학생들에게까지 인기가 있어서 등굣길에 남학생들이 따라올 정도였단다. 막내 고모는 그저 보통으로 지낸 학생이었다. 똑똑하지는 않으나 웃음이 많고 늘 긍정적이어서 누구나 편히 사귈수 있는 스타일이었다.

요새 아이들 말마따나 행복은 성적순이 아니다. 막내 고모는 딸만 둘이다. 작은고모는 큰고모처럼 아들만 둘이다. 아들 둘 다 직장 갖고 잘 산다고 했다. 작은고모는 한동안 아들네 집에서 같이 살다가 중계동 원룸으로 독립해 나왔다. 말년에 외롭게 혼자 살다가 돌아가셨다고 막내 고모가 애석해했다.

막내 고모는 잘사는 것을 보여주고 싶어서 그러는지 꼭 와서 밥이라도 먹고 가라고 신신당부했다.

—그냥 보낼 수는 없잖니? 우리 최씨 집안에 하나밖에 없는 장손

*인데. 우리 집에 와서 밥이라도 한 끼 먹여야지.*

몇 번이나 다짐했다. 밥을 해주겠다는데 이건 거절해서는 안 되는 명제다. 덥석 대답을 해 놓고 생각해보았다. 말이 좋아 밥 한 끼지, 밥 한 끼 먹인다는 게 보통일인가. 더군다나 팔순이 다 돼가는 노인이 말이다. 어떻게 하는 것이 고모님 기분을 좋게 해 드리는 일일까 고민한 끝에 한 가지 묘안을 찾아냈다.

아침을 먹지 않고 굶기로 했다. 배가 고픈 상태에서 밥을 먹어야 맛있게 먹을 테니까. 상 차려 줄 때 밥을 맛있게 먹어주는 사람처럼 고마운 사람이 어디 있겠는가. 그릇을 다 비워주면 그보다 행복한 일은 없을 것이다.

오늘이 약속한 토요일이다. 나는 아침부터 밥을 굶어야 했다. 막내 고모를 행복하게 해 드리기 위해서……

소년은 알고 싶다

# 56

:

나는 차를 렌트했다. 차를 끌고 양구로 향했다. "다시
는 엄마를 찾아오지 말라."라던 이모님의 말도 이제는 유
효기간이 지났다고 생각했다. 한 인간이 근본을 찾아가
고 싶은 건 아무도 말릴 수 없다. 강력한 자석에 끌려가
듯 나 자신도 컨트롤할 수 없을 정도로 말려들었다. 그
동안 그립고, 보고 싶었던 엄마를 꼭 만나봐야 했다. 이
기회에 보지 못하면 영영 못 볼 것 같았다.

처음 엄마를 찾아갔을 때는 중학교 1학년 때였다. 나
도 늙어 가는데 엄마라고 왜 안 늙었겠는가? 할머니가
된 엄마의 얼굴이 머릿속에 선뜻 그려지지 않았다.

직접 차를 몰면서 가방에 손을 넣어 엄마 선물이 있는
지 확인해보았다. 네모난 작은 곽이 손에 잡혔다. 마음
이 안정되면서 한결 기분이 좋아졌다. 어제저녁, 종로 3
가 보석상에 들러 시골 할머니에게 드릴 선물을 고른다
고 했더니 금반지가 좋을 거라고 해서 하나 샀다. 보석

상 주인이야 비싼 다이아몬드 반지를 팔았으면 좋았겠지만, 시골 할머니라는 바람에 할 수 없이 금반지를 권했을 것이다.

달리면서 보이는 경춘 국도는 유쾌하고 아름다웠다. 길도 넓어졌지만 차도 많아서 밀리는 때도 더러 있었다. 가평에는 들르지도 않고 새로 놓은 다리를 건너서 철길과 나란히 달렸다. 강 건너에 옛길이 보였다. 그런가 했더니 대각선으로 놓인 다리를 다시 건너니 옛길과 합쳐졌다. 옛길이었던 차선은 서울로 가는 일방통행이고 그 옆에 나란히 새로 2차선 길을 만들어서 그 길을 타고 춘천으로 달렸다. 오른편으로 신연강이 흐르는데 물이 제법 많아서 검푸르게 보였다. 강촌에 없던 다리도 생겼고 등선폭포를 지나면서 삼악산 표지판도 보였다.

의암댐을 건너자마자 우측으로 돌아서 옷바위로 향했다. 일제강점기 때는 옷바위를 의암(衣巖)이라고 표기했지만, 나는 어려서부터 옷바위라고 듣고 자랐다. 옷바위는 조상이 살던 마을이지만 나를 아는 친척은 아무도 없다. 그래도 그리운 것은 그곳은 선산이 있고 사랑하

소년은 알고 싶다

는 할머니가 누워계신 곳이기 때문이다. 그보다도 나의 수호신인 할아버지의 산소가 있으니 찾아뵙고 절을 올리는 것이 당연한 일이다. 좁았던 흙길은 온데간데 없고 넓은 포장도로가 펼쳐졌다. 천지가 개벽이라도 했는지, 지형이 온통 뒤바뀌어서 어디가 어딘지 모르겠다. 마을 어귀에 나와 서 있는 노인에게 물어보았다.

—예전에 이 근처에 묘소가 있었는데 모르시나요?

—누구 묘를 찾는데요? 혹시 최 진사 묘를 찾는가요?

최 진사라니? 옛날 할머니한테서 여러 번 들었던 이야기가 생각났다. "너의 고조할아버지가 늦게나마 향시에 합격하셔서 진사가 되셨단다."

—저기 밭 한가운데 있는 게 산소요. 자손은 찾아오지 않아도 마을 진사 양반이어서 차마 파버리지는 못하고 그냥 놔두고 있어요. 그런데 댁은 뉘시유?

—제 증조부이십니다. 그동안 미국에서 사느라고 찾아뵙지를 못해서…….

—손자가 있다는 이야기는 못 들었는디…….

노인은 고개를 갸웃거리면서도 믿어주려고 애썼다. 산

소를 찾아내기에 어려웠던 것은 누군가가 묘소만 섬처럼 둥그렇게 남겨놓고 뺑 둘러 밭을 일궈 먹고 있었기 때문이다. 자손 없는 산소는 솟아난 나뭇가지들만 베어냈을 뿐, 정글처럼 숲이 우거져 있었다. 증조부 아래에 할아버지, 할머니가 합장되어 있다. 허리춤을 넘긴 마른 풀을 걷어내니 밋밋해진 봉분 흔적을 겨우 찾아낼 수 있었다.

소년은 알고 싶다

## 57

⋮

춘천은 도시가 물 위에 떠 있는 거대한 섬 같았다. 도시가 온통 산소를 뿜어내는 공기청정기처럼 신선했다. 맑은 물이 많아서 시원해 보이고 푸른 산으로 둘러싸여서 아늑해 보였다. 도시를 둘러싸고 있는 겹겹의 산과 봉우리들은 하늘과 맞닿아서 이국적인 풍경을 자아냈다.

내게 즐거움과 행복을 안겨준 공진내는 이름만 남기고 물속에 잠겨버려 보이지 않았다. 마치 엄마가 사라져 보이지 않는 것처럼 그렇게 변해있었다.

춘천은 나의 고향이다. 가는 곳마다 낯익은 풍경이요, 귀에 익은 지명이다. 소양강 다리를 건너서 46번 국도를 따라 달렸다. 오래된 소양강 다리에 추억이 서려 있고 다리 건너 샘밭에 이야기가 숨어 있다. 옛날 샘밭에는 뽕나무가 많았다. 추 양을 기다리던 버스 정류장을 찾아보려 했으나 보이지 않았다. 지형마저 홀딱 바뀌어서 어디가 어딘지 모르겠다. 샘밭을 지나면서 배가 출출해졌다. 마침 샘밭 막국숫집이 눈에 띄었다. 점심을 먹고 가려고 차를 세웠더니 시간이 시간이어서 그런지 손님이 많았다.

나는 어렸을 때 막국수는 많이 먹어봐서 어떻게 먹는 건지 잘 안다. 막국수는 육수를 조금만 넣고 반 비빔으로 먹는 게 좋다. 겨자 조금 넣고 설탕 조금 뿌려서 비비면 맛이 월등히 낫다. 실제로 막국수 맛은 밋밋하고 맨숭맨숭한 게 별로다. 그러나 오늘처럼 잊어버렸던 맛을 되찾아주는 막국수는 맛보다 고맙다는 생각이 앞서서 눈물이 날 지경이었다. 한 입 두 입 국수 가락을 입에 넣을 때마다 명함만 한 작은 혀가 어린아이 때 먹었던 맛을 기억했다가 되돌려주는 재주가 있다는 사실이 놀라웠다.

46번 국도는 제법 넓었다. 아스팔트로 포장되어 있어서 차를 몰고 달리기에 편안하고 경쾌했다. 흙먼지를 날리며 덜덜거리던 버스를 생각하면 몰라보게 발전했다. 춘천호수가 들쑥날쑥한 것처럼 길도 호수를 따라 들쑥

날쑥했다. 구불구불한 산 고비를 돌 때마다 강원도 길의 참모습을 보는 것 같았다. 호수의 끝자락에 세워진 양구대교를 건너 막장골을 돌아 다시 산속으로 들어갔다. 별로 넓지도 않고 길지도 않은 다리에 대교라고 이름을 붙인 사람은 누구일지 궁금했다. '양구대교'라기보다는 '양구교'가 더 어울리는 이름일 것이다.

한강의 많은 다리 이름 앞에는 어김없이 큰 대 자가 붙어 있다. 나도 한국인이지만 한국인들은 왜 그리도 큰 대 자를 좋아하는지 모르겠다. 외국인들이 한강 다리를 보고 과연 대교라고 생각할지 의문이 든다. 나는 '영동대교'보다 '영동교'가 더 아름답고 운치 있는 이름이란 생각에 변함이 없다.

송천 교차로에서 양구로 들어섰다. 시외버스 터미널이 어디에 있는지 몰라서 헤매다가 겨우 찾았다. 차를 세우고 대합실 안으로 들어가 보았다. 양구는 군인 문화의 도시다. 대합실도 만남의 장소로 둔갑해 있었다. 게시판에 꽂혀있는 메모들을 보면 모두 군인들이 적어놓은 것이었다. 피시방에서 기다리고 있겠다느니, 누구누구는 오락실로 오라는 따위의 메모들이었다. 다방은 없어지고 이제는 모두 피시방인지, 오락실인지 하는 데서 만나고들 있었다.

소년은 알고 싶다

# 58

⋮

버스 터미널 맞은편 길 건너에 군인백화점이 그대로 있었다. 건물을 증축했는지 아니면 새로 지었는지는 몰라도 그 자리에 있기는 있되 외양이 많이 바뀌고 덩치가 커졌다. 그래도 군인백화점은 그때 그 모습 그대로여서 간판마저 반갑게 보였다. 감격스럽기까지 했다. 양구는 시골이 돼서 그나마 옛 모습이 남아 있는 것 같았다. 군인백화점은 한가한 듯하면서도 바빠 보였다. 인사하고 말을 걸려고 하면 손님이 들어왔다. 손님이 나가기를 기다리면서 이것저것 돌아보았는데 군인들이 필요로 하는 모든 물건이 손색없이 갖춰져 있었다. 손님들은 주로 명찰을 박음질한다거나 계급장을 새로 붙이려는 진급한 군인들이었다.

팔순이 다 된 이모는 여전히 가게를 지키고 있었다. 머리가 하얗고 주름살이 많아서 그렇지, 정신은 또렷해 보였다. 나이가 들어서 그런지 키도 작아졌다. 아무리 또렷

하다고는 해도 물건 파는 손놀림은 굼떠 보였다.

처음에 이모는 나를 몰라봤다. 내가 인사를 드리고 이름을 대니까 그제야 알아봤다. 그도 그럴 것이, 내가 중학교 때 한 번 보고 이번이 처음인 데다가 희끗희끗한 중늙은이로 나타났으니 그러고도 남을 만했다. 준비해간 작은 선물을 드렸다.

나는 그동안 미국에 가서 살다가 큰고모님이 돌아가셔서 한국에 나왔다고 말해주었다.

—그래, 미국에 가서 자식은 몇이나 뒀어요?

조카인 나를 보고도 말을 놓지 못하고 계면쩍은 표정을 지었다.

—아들 하나, 딸 하나입니다. 직장에 잘 다니고 있지요. 이모님은 자제분이 몇이나 되세요?

실제로 이모의 자식이 몇이나 되는지 나는 알고 있었다. 사진 속에서 딸 셋에 아들 하나가 나란히 앉아 있는 것을 보았기 때문이다. 그러나 혹시 그동안 아이가 더 생겼나 해서 물어보았다. 내가 어려서는 관심도 없었고 알 필요도 느끼지 못했던 자식들의 이야기였다.

소년은 알고 싶다

그러나 나이가 들다 보니 남는 건 자식뿐이어서 이제는 자식 농사가 인생의 성패를 가르는 기준이 된다는 것을 알았다.

―딸 셋에 아들이 하나 있어요. 딸들은 모두 도회지에 나가 살고 아들만 이곳에서 산다오.

아들은 이곳 군청에서 근무하기 때문에 시골이지만 그냥 여기서 산다고 했다. 그러나 이모는 그렇다고 아들한테 얹혀살기는 싫어서 장사라도 하고 있단다. 힘이 닿는 날까지 할 거라고 했다.

눈치를 보다가 넌지시 엄마 이야기를 꺼냈다. 미국에 돌아가면 다시 또 나오는 게 쉽지 않아서 나온 김에 찾아뵙고 싶다고 했다. 이모는 한동안 말을 꺼내지 못하고 멍하니 창밖만 내다보다가 어렵게 입을 열었다.

―그게 그러니까, 걔 남편이 제대해서 고향으로 데리고 간 지도 오래됐어요. 암~ 오래되고말고. 딸만 넷인데 다 데리고 갔지. 고향이 횡성이라나, 해서 그리로 갔어요.

나는 귀가 번쩍 뜨였다.

― 횡성 어디래요?

— 들죽골이라나 뭐 그러던데, 난 잘 몰라요. 간 지가 하도 오래
돼서……. 어떻게 사는지. 잘 살았으면 좋으련만 남편이란 자가
못돼먹어서 고생이나 안 시키는지 몰라…….

그러면서 고향에는 아이가 넷이나 달린 큰마누라가
살고 있는데 그곳으로 남편을 따라서 갔다고 했다. 큰딸
이 봉자, 2년 터울로 막내도 딸이다. 딸만 낳았다고 구
박받고 살았단다. 나는 엄마가 구박받으면서도 남편한
테서 떠나지 못하는 이유를 이해할 수 없었다. 그까짓
거 훌훌 털고 시내에 나가서 혼자 산들 그만 못하겠는
가 하는 생각이 들었다. 이번에 만나면 그 사유를 알고
싶었다.

횡성, 들죽골이란 마을 이름만 듣고 찾아보기로 마음먹
었다. 이모는 현천리 삼거리에 가면 '애미네'란 식당이 있
는데 그 식당 아주머니에게 물어보면 잘 알 거라고 했다.

# 59

:

양구를 돌아 나오다가 춘천에서 하룻밤 자기로 했다. 춘천은 내 삶에서 가장 소중했던 한 시절이 머물러 있는 곳이다. 언제나 그립고 돌아가고 싶은 바로 그 시절. 세월의 수학적 흐름을 되돌릴 수는 없지만, 고향은 이름만으로도 아늑하고 포근했다.

고향이지만 친척도 없고 아는 사람도 없는 빈 고향이다. 춘천에서 살던 막내 고모도 고향을 떠나서 서울로 가버린 지 오래다. 이제 나를 알아볼 사람은 아무도 없다. 그래도 고향은 모두 낯익은 거리이고 지명들로 이뤄져 있다. 가는 곳마다 추억이 서려 있고 보는 것마다 기억이 새롭다.

해가 넘어가고 날이 어두워졌다. 한길로 나갔다. 서늘한 바람이 부는 것도 아닌데 시원하고 기분이 상쾌했다. 기온이 내려가서 서늘해졌을 뿐인데 왜 기분이 상쾌할까? 캘리포니아도 이처럼 서늘한 기온은 늘 이어진다.

하지만 기분이 좋다고 느끼지는 못했다. 무엇이 다르기에 한국의 밤은 기온이 서늘하면 서늘했지, 왜 기분이 상쾌할까?

한 가지 깨닫게 된 사실인데, 낮에 더웠기 때문이다. 낮에는 더위로 인해 잔뜩 찌푸리고 짜증스러운 기분이었다. 그렇게 온종일 높은 불쾌지수로 지내다가 저녁에 서늘한 기온을 맞이하면 살 것 같다는 느낌으로 다가온다. 기분이 상쾌하고 좋을 수밖에 없다. 반면에 캘리포니아는 낮이나 밤이나 기온 차이가 밋밋해서 아무런 느낌이 없었다.

춘천에서 가장 유명한 거리인 명동으로 들어가 보았다.

명동이라고 불리는 이곳은 일제강점기에는 대화정 1정목이었다. 내게 대화정 1정목이라는 지명이 더 귀에 익은 까닭은 할아버지가 그곳에서 제일백화점을 운영했기 때문이다. 언제부터인가 서울 명동을 본떠서 춘천에도 명동이 생겼다. 명동은 유행의 중심 거리였고 멋을 부리고 싶어 하는 젊은이들로 북적였다. 양품점에 유행

소년은 알고 싶다

하는 여성 옷만 파는 양장점도 있고 신사복을 맞추는 라사도 있다.

시청으로 올라가는 길목에 있던 예맥 다방은 뒷골목 2층으로 자리만 옮겼을 뿐 여전히 영업 중이었다. 문을 열고 들어가 보았다. 실내는 예전 같지 않았고 손님도 노인들뿐이었다. 노인 몇이 둘러앉아 늙은 마담과 걸쭉한 농지거리를 주고받으며 웃고 있었다. 낯선 감이 드는 자리에서는 마음도 불편했다. 겉도는 기분으로 생각 없이 앉아 있다가 나와버렸다.

할머니와 세 들어 살았던 집을 찾아가 보았다. 다 없어져 버렸고 새 건물들이 들어서 있어서 어디가 어딘지 구분이 안 되었다. 할아버지와 살던 조선 기와집도 찾아가 보았다. 대도시 시내의 시대적 도도한 흐름과는 달리 서민들이 사는 동네 조선 기와집은 그대로 남아 있었다. 그러나 내 머릿속 조선 기와집은 실재하는 집이 아니라 다만 나의 바람에 불과했을 뿐이다.

어려서는 골목에서 썰매도 탔던 높고 긴 언덕길이었는데 막상 가보니 약간 언덕이 져 있을 뿐, 높지도 않고 그렇게 긴 길도 아니었다. 길이 변한 건지 내 눈이 변한 건지 알 수는 없었으나 다르게 보이는 건 사실이었다.

조선 기와집의 그 참담한 퇴락상은 차마 눈 뜨고 봐 줄 수 없었다. 집은 매해 손을 봐 가면서 살아야 하는 건데 집주인이 무책임하게 방치해 놓은 것 같아 보였다. 폐가는 아니지만, 폐가 직전처럼 퇴락해 가는 집을 보면서 가슴이 아팠다. 집은 여자와 같아서 누구를 만나느냐에 따라서 팔자가 달라진다. 조선 기와집은 못된 서방을 만나서 구박받고 사는 여자처럼 초라하고 너절하기까지 해 보였다.

소년은 알고 싶다

## 60

⋮

아침에 커피만 마시고 운전을 했더니 배가 출출했다. 홍천을 거쳐서 횡성으로 가는 동안에 이런저런 나무가 섞여서 검푸른 산야가 눈에 들어왔다. 소나무는 별로 없고 떡갈나무, 아카시아에 칡넝쿨이 얽혀있었다.

횡성 버스 터미널에 차를 세우고 터미널 안으로 들어가 보았다. 몇몇 행락객만 대기 의자에 앉아서 시간이 흘러가기를 기다리고 있었다. 벽에 그려놓은 커다란 지도를 보고 어떻게 가야 하나 찾아보았으나 지도는 관광객을 위주로 그려놓았을 뿐이라 나처럼 작은 시골 마을을 찾는 사람에게는 아무런 정보도 주지 못했다.

한참 서성댔으나 얻은 것 없이 되돌아 나왔다. 적어도 이곳이 고향인 사람에게 물어봐야 그나마 좀 알 것 같다는 생각이 들었다.

택시 운전 기사에게 물어보았다.

─혹시 횡성 들죽골이라고 아세요?

모른다면서 들어본 적도 없단다.

―이곳 태생이세요?

―지금 세상에 토박이가 몇이나 되겠어요. 여기서 일하는 택시 기
사들은 모두 굴러들어온 사람들이에요.

한국 전쟁이 사람들을 고향이고 뭐고 한바탕 뒤섞어놓
더니, 디지털 문명이 또 한 번 뒤집어놓은 것이었다.

점심이나 먹을 생각으로 물어물어 시장으로 들어섰
다. 장날이 아니어서 한산하고 뜸한 게 손님이 거의 없
었다. 기웃대다가 오래전에 MBC 방송에서 방영한 집이
라는 낡아빠진 선전 사진을 지금껏 우려먹는 집이 눈에
띄었다. 차림표를 보니 곤드레 비빔밥이 그럴듯해 보였
다. 비빔밥은 알지만, 곤드레나물이란 이름은 처음 듣는
다. 술에 취한 나물 같은 이름이 그럴듯해서 맛이나 보
기로 했다.

지구상에서 나물을 먹는 사람들은 우리 민족밖에 없
다. 사실 나물은 일종의 풀이다. 풀 중에서도 먹을 수
있는 풀을 나물이라고 한다. 풀이나 잎사귀를 삶거나
볶거나 날것으로 양념해서 무쳐 먹는 기술이 유난히도

　　　　　　　소년은 알고 싶다

발달한 나라가 우리나라다. 예로부터 우리 조상들은 들에서 자라는 식물 중에서 먹을 수 있는 식물만 골라서 맛과 향을 끌어내는 재주가 유별났다. 다 가난해서 생겨난 재주일 것이다.

나물 중의 하나인 곤드레나물이 어떻게 생겼는지 보지 못했으니 맛도 모르는 건 당연했다. 이 기회에 맛이나 보자 하는 심산으로 할머니에게 곤드레 비빔밥을 하느냐고 물어보았다. 해줄 테니 염려 말고 들어오란다. 신발을 벗고 들어가 방바닥에 앉았다. 할머니는 내가 앉기가 무섭게 군청 직원들이 여럿 올 거라며 나를 구석 자리로 몰아넣었다.

구석으로 몰아넣을 때부터 알아봤다. 식당으로 불러들일 때는 언제고 딴소리를 한다. 식당 할머니도 손님들한테 치어날 대로 치어서 닳고 닳았다.

―소머리 국밥이 맛있는데 왜 딴 걸 시키고 그래?

―곤드레 비빔밥 한번 먹어보려구요.

―콩나물국밥은 금세 되는데 어때요?

―곤드레라는 거 맛 좀 보려고 그래요.

—곤드레밥은 새로 지어야 해서 오래 기다려야 하는데…….

—기다리는 거 상관없어요. 해주세요.

오히려 새 밥을 지어서까지 해주겠다니 얼마나 고마운 일이냐. 새 밥은 맛이 더 좋을 테니 기다리는 게 뭐 대수인가 했다. 기다려야 한다던 곤드레밥이 금세 나왔다.

—한참 걸린다더니 어떻게 금방 나와요?

—배고파할까 봐 빨리 만들었어요.

그래도 그렇지, 밥 짓는 시간이라는 게 있는 건데 10분도 안 돼서 나오다니 무언가 잘못 돌아가고 있다는 생각이 들었다. 할머니가 밥을 새로 지었을 리는 만무하고 찬밥을 데워주는 건지, 남은 밥으로 얼버무려 주는 건지 이런 추잡한 생각을 하면서 숟가락을 들었다. 그래도 양념간장이 맛있어서 곤드레 비빔밥도 덩달아 맛있었다.

할머니는 횡성에 인구가 줄어들어서 걱정이라고 했다. 현천리 가는 길을 물었더니 둔내 가는 길로 쭉 가다 보면 나온다고 알려주었다.

# 61
⋮

지도에서 들죽골을 찾았으나 이름만 겨우 있을 뿐이고 별다른 정보는 얻지 못했다. 할머니가 가르쳐준 대로 둔내 방향으로 차를 몰았다. 길은 제법 넓고 차도 별로 없어서 한산했다. 시골길도 미끈하게 아스팔트로 잘 포장되어 있어서 운전하는 맛이 제대로 났다. 길 양편으로 작은 농지가 있고 그다음은 산으로 둘러싸여 있었다. 강원도 시골은 어딜 가나 첩첩산중이다. 구불구불 항재고개를 넘어서 현천리 삼거리에 닿았다. 여기서 좌회전해야 한다.

듣던 대로 모퉁이에 애미네 식당이 있다. 애미 엄마가 들죽골 사람이라나 뭐라나 해서 들죽골을 잘 안다고 했으니 어떻게 해서라도 애미 엄마에게 잘 보여야 많은 정보를 얻을 수 있을 것 같았다. 길가의 조그마한 식당인데 김치찌개가 주메뉴인 식당이었다.

장사가 잘 안되던 모양이다. 잔치국수와 칼국수를 하겠

다면서 종이에 펜으로 굵직하게 써서 유리창에 붙여놓았다. 밥집이 밥이나 팔지 웬 국수까지 한다고 부산을 떠나하는 생각이 들었지만 나는 원체 국수를 좋아해서 시골 국수는 맛이 어떨지 한번 먹어보고 싶었다. 잔치국수 가격이 아주 싸다. 처음 국수를 팔기 시작했으니 싸게라도 손님을 끌어보겠다는 심산인 것 같았다. 점심때가 지난 지 한참 돼서 그런지 손님은 나밖에 없었다.

국수 마니아인 나는 국수 맛을 누구보다 잘 안다. 잔치국수를 먹어보았는데 맛이 괜찮았다. 매우 흔한 조미료로 맛을 내지 않고 멸치로 국물을 우려내서 제법 구수하게 끓였다. 잔치국수라고 했지만 실은 멸치국수라고 해야 옳을 것처럼 텁텁하고 감칠맛이 나는 게 젊은 아주머니가 끓여내는 국수치고는 제법이었다. 열무김치도 한 접시 내왔는데 이것도 직접 담근 김치라는 것을 한눈에 알아볼 수 있었다. 국수 맛이 괜찮다고 생각하면서 국물까지 다 마셨다.

—이거 아주머니가 *끓인* 거 맞아요?

슬쩍 치켜세우는 투로 말을 걸었다.

―예, 제가 끓였시유.

―맛이 훌륭한데, 어디서 배운 솜씨예요?

―아, 그거 우리 아버지가 국수 공장을 했거든유. 그래서 맨날 국
수로 끼니를 때우느라고 많이 끓여 봤시유.

―그랬구나, 어쩐지 제대로 맛이 난다 했습니다.

―국수 공장이라고 해서 커다란 공장이 아니고유, 손으로 돌리는
구멍가게였시유.

아주머니는 내가 오해할까 봐 얼른 규모가 작았다는
걸 알려주려 애썼다. 말끝마다 '유' 자를 붙이는 게 강원
도 사투리를 그대로 쓰고 있었다.

식당이라고 해도 너무 협소해서 작은 테이블 네 개가
고작이었다. 안쪽으로 여염집 같은 부엌이 딸려 있고 옆
으로는 살림하는 방이 있었다. 모르긴 해도 손님이 많
을 때는 손님을 살림방으로 들이기도 하는 것처럼 보였
다. 마침 웬 할머니가 채소를 이고 와서 식당 아주머니
에게 넘겨주는데 "애미 엄마." 어쩌구 하는 거로 봐서 아
주머니 딸 이름이 애미라는 걸 짐작할 수 있었다.

## 62

:

여자아이가 문을 열고 나풀대며 들어왔다. 아이가 입은 옷이 화려한 옷은 아니었지만 단정한 차림이라 시골 아이 같지 않아 보였다. 열 살이 좀 넘어 보이는 아이가 늘 하던 일처럼 서슴없이 다가와 빈 국수 그릇을 집어 들고 상을 치웠다. 행주를 들고 오더니 테이블을 닦았다. 내가 낯선 손님처럼 보였는지 힐끔 보고 나서 말을 걸었다.

—아저씨, 어디서 오셨어요?

—서울, 왜~?

말을 다정하게 해 놓고도 미국이라고 해야 했나 하는 생각도 들었다. 그러나 아이에게는 서울이건, 미국이건 그런 건 중요하지 않아 보였다.

—개 좋아하세요?

—그럼, 좋아하지.

—우리 개는요, 마루인데요, 아파서 누워있어요.

소년은 알고 싶다

─어디가 아픈데?

─그냥 늙었거든요. 벌써 이틀째 자고 있어요.

─안됐구나. 넌 이름이 뭐지?

─애미요.

부엌에 있던 아주머니가 애미에게 손님하고 함부로 지껄여서는 안 된다고 주의를 주는 소리가 들렸다. 나는 괜찮다고 해주었다. 애미에게 잘 보여야 들죽골 사정을 알아낼 수 있을 것 같아서였다.

─너, 들죽골이라고 아니?

─알아요. 들죽골은 왜요?

─어떻게 가는지 가르쳐줄래?

─조리로 가믄요…….

그때 아주머니가 나섰다.

─들죽골 가시게유?

─네, 어떻게 가야 하나요?

─천상 걸어가야 하는디, 갔다가 나오시려면 해가 지겠는데유?

─멀어요?

─걸어서 이십여 리쯤 되니까 두어 시간은 실히 걸릴 텐디. 들죽

골은 왜 가시게유? 아는 사람이 있는갑유?

—양구댁이라고 하는 분이 사신다고 해서 찾아뵈려구요.

—양구댁이문 길자 어무닌데, 어떻게 아시는데유?

—길자가 그분 따님인가요?

—딸이 넷이고 길자는 막내인데 나하고 중학교 동창이래유.

—그 집에 가려면 어떻게 가야 하나요?

주인아주머니는 차를 몰고 아랫말, 웃말을 지나 범바위까지 가면 차가 더는 갈 수 없으니까 거기서부터 걸어서 가야 한다고 했다. 경운기나 겨우 다니는 오솔길이라고 했다. 걸어서 부채골을 지나면 그다음이 들죽골이라고 했다. 듣기만 해도 산골이라는 생각이 들었다. 지금 가면 어두워야 들어갈 텐데 거기 가면 잘 만한 곳이 없다고 했다. 그러면서 나보다 더 걱정하는 눈치였다.

나는 여기서 더는 사실을 숨길 이유가 없다고 생각했다. 저녁 식사 시간이 되려면 한 시간은 더 있어야 할 것 같아서 마음 놓고 이야기해도 충분할 터였다. 어디서부터 이야기를 꺼내야 하나 망설이다가 얼기설기 이곳을 찾아온 사유를 대강 설명해주었다.

소년은 알고 싶다

아주머니는 길자한테 들어서 그런대로 알고는 있었지만, 오빠가 있다는 이야기는 못 들어 봤다면서 의아해했다. 의아해하는 것도 잠시였고 순진한 시골 아주머니답게 곧 그 사실을 믿어주었다. 그러면서 길자 엄마가 첩이라 본처한테 맨날 구박만 받고 살아서 길자 얼굴은 웃는 걸 못 봤단다. 길자 아버지는 소문난 술꾼이어서 술에 절어 살면서 술에 취하면 길자 어머니를 패댄다고 했다. 마을 사람들이 보다 못해서 숨겨주는 날도 많았다면서 측은해하는 마음을 얼굴에 그대로 나타냈다. 그러면서 길자 아버지가 술에서 깨면 언제 그랬냐는 식으로 두 손 모아 싹싹 빌면서 다시는 안 그러겠다고 몇 번씩 맹세했다고 한다.

듣기만 해도 화가 나고 안타까웠다. 엄마가 밉기도 하고 불쌍하기도 해서 나 자신도 어떤 마음인지 종잡을 수 없었다. 그래도 꼭 보고 싶었다. 삼십여 년 넘게 헤어져 있었지만 그립다는 마음은 사라지지 않고 찰거머리처럼 머릿속에 달라붙어서 떨어질 줄 몰랐다. 그토록 그리던 어머니를 지금 못 보면 영영 기회가 없을 것이다. 이 지역 사정은 아주머니가 잘 알 것이니 아주머니의 의견을 따르기로 했다.

—어떻게 하면 만나 뵐 수 있을까요?

—글쎄, 나도 잘 모르겠네, 천상 내일이라야 할 것 같은디, 내일도 어떻게 해야 하나…….

그리고는 한참 동안 나름대로 궁리하는 것 같았다.

—오늘 저녁에는 여기서 주무시고 내일 아침에 길자 어머니를 여기로 나오라고 해서 만나시면 어떻겠시유? 그 방법밖에 없을 것 같은디.

—그렇게라도 해주실 수 있겠어요?

—그러면 저녁에 식당 문을 닫고 저를 범바위에 내려주시면 지가 걸어서 들죽골에 가서 길자 어머니를 만나 뵙고 이야기를 드리지요. 그리고 내일 아침에 동이 트는 대로 이리로 나오라고 할게유.

어떻게 해서라도 도와주려는 시골 여인의 마음 씀씀이가 눈물겹도록 고마웠다. 나는 고맙다고 몇 번이나 말하고 머리를 숙여 보였다.

# 63

마당 한구석에 쇠줄로 목이 묶인 늙은 개 '마루'가 개집 앞에 쭈그린 채로 엎드려 있었다. 분명 명이 다 된 개처럼 눈가에는 눈곱이 끼어있고 눈물이 얼룩져 있었다. "마루!" 하고 불러보니 움직이지도 않고 그 자리에 고대로 엎드려 있으면서 겨우 꼬리를 몇 번 흔들었다.

아직은 목숨이 붙어 있다는 신호를 보내는 것 같았다. 개가 늙기 전에 개장수에게 넘기려고 했으나 애미가 울며불며 안 된다고 해서 결국 이 지경까지 오게 됐다면서 아주머니는 애미를 탓했다. 애미는 마루가 곧 나을 거라고 믿고 있었다. 아픈 게 나으면 다시 즐거운 날이 올 것이라고 기대하는 눈치였다.

초가을의 시골은 금세 어두워졌다. 식당 문을 닫고 아주머니를 범바위까지 태워다주었다. 하늘에는 별들이 촘촘히 박혀 있었고 숲에서는 풀벌레 소리가 들렸지만 그래도 밤은 고요했다.

밤에 혼자서 걸어가기에 무섭지 않냐고 미안한 마음을 아주머니에게 전했다. 늘 다니던 길이어서 괜찮단다. 어둠 속으로 사라지는 아주머니를 보면서 무사히 다녀오기를 마음속으로 빌었다.

낯선 방에서 잠은 오지 않았다. 더군다나 모기가 어디로 들어왔는지 극성을 부리는 바람에 뒤치락대기만 하고 한잠도 자지 못했다. 아침에 일어났는데 마루는 꿈적도 하지 않고 그 자리에 그대로 엎드려 있었다.

초가을 아침의 선선한 기운이 아직 남아 있을 때쯤, 애미가 내 방문 앞에서 일러주었다.

— 엄마가 식당으로 나오시래요.

애미의 목소리를 듣는 순간 어머니가 왔다는 전갈이라는 것을 직감했다. 가슴이 두근거리고 설레었다. 내 기억 속에 남아 있는 중학교 때 만났던 어머니의 곱디고운 모습이 그대로 다시 살아났다. 얼른 문을 열고 밖으로 나갔다. 구두를 신었는지, 어쨌는지 신경도 쓰지 못하고 식당으로 허겁지겁 달려갔다.

## 64

⋮

식당에 들어서는데 폭삭 늙어서 머리가 희끄무레한 할머니가 의자에 앉아 있었다. 흰 무명 치마저고리를 입은 할머니의 얼굴 윤곽을 따라서 옛 모습이 겹쳐 떠올랐다. 나는 놀랍기도 하고 두렵기도 했지만, 덥석 손을 잡았다. 손은 뼈만 남아 마른 나뭇가지처럼 서걱서걱하다 못해 까칠하고 뻣뻣했다. 검게 그을린 이마에는 굵은 주름살이 밭고랑처럼 패어 있고 눈가에는 잔주름이 쪼글쪼글 나 있었다. 검은 머리보다 더 많은 흰머리는 곱게 빗어서 뒤로 쪽 찐 머리를 했고, 키도, 몸집도 예전보다 쪼그라들어 있었다. 실제 나이보다 훨씬 더 늙어 보였다. 삶이 얼마나 고달팠는지를 한눈에 알아볼 수 있었다. 그리도 곱고 청순했던 젊음은 어디로 갔는지! 세월의 비정함과 참혹한 단면을 보는 것 같아서 슬펐다. 작대기처럼 뻣뻣한 어머니의 손을 잡고 "어머니!" 하고 불렀다. 어머니는 아무런 말도 하지 않았다. 칠순 중반

소년은 알고 싶다

이지만, 도시에서 살았다면 아직도 팽팽할 나이인데 하는 생각이 들었다. 엄마는 막내 고모보다 한 살 적은데도 십 년은 더 늙어 보였다. 가혹하게 학대받고 사느라고 덧없이 늙어만 갔구나 하는 생각이 들었다.

산에 올라가 "에호" 하고 큰 소리로 부르짖는 것처럼 한 번 더 "엄마!" 하고 불렀다. 무표정했던 얼굴이 일그러지는 것 같았다. 나는 식당 바닥이지만 엎드려 큰절을 올렸다. 그제야 엄마는 입을 열었다.

―절 그만둬유.

가냘프고 떨리는 목소리였지만, 귀에 익은 음성 그대로였다. 엄마를 덥석 껴안고 엉엉 소리 내어 울었다. 나도 모르게 눈물이 쏟아져 내렸다. 나의 울음소리는 엄마에게 부딪히면서 에코가 되어 되돌아왔다. 엄마는 나보다 더 크게 울었다.

엄마는 그리스의 신화에 나오는 '에코'처럼 자신의 목소리를 잃고 내가 울면 따라서 우는 메아리의 엄마 같았다.

나의 눈물은 엄마의 적삼을 다 적셨다. 그동안 어떻게

지냈는지, 내가 어떻게 살았는지 그런 건 듣고 싶지도, 이야기하고 싶지도 않았다. 흐르는 눈물을 주체할 수 없어서 뒷주머니에서 손수건을 꺼내 닦으려 했지만, 작은 손수건으로 눈물, 콧물을 감당하기에는 역부족이었다. 엄마의 눈물을 보면서 내가 그리워하는 만큼 엄마도 내가 보고 싶었구나 하는 믿음이 절로 들었다.

그동안 원망스럽던 엄마는 어디론가 사라져버렸다. 가슴에 뭉쳐있던 응어리가 쇳물이 녹아내리듯 다 녹아내리는 것 같았다.

눈물을 닦고 정신을 가다듬었다. 엄마를 차근차근 눈여겨보았다. 바싹 말라 까칠한 피부와 움푹 파인 눈가에 주름살이 거미줄처럼 촘촘히 나 있었다. 말라비틀어진 수세미처럼 가볍고 쪼글쪼글해 보였으나 눈빛은 초롱초롱한 게 밉지 않았다. 불쌍하고 애처로워 보이면서 얼마나 고생했을까 하는 생각에 가슴이 미어졌다. 살면서 불쑥불쑥 솟아오르던 원망과 그리움, 증오와 연민 같은 삶에 대한 앙갚음인지, 한인지 하는 감정도 눈 녹듯 다 사라져 버리고 오로지 불쌍한 엄마로만 보였다.

살면서 내내 '나는 왜 그리움 속에 묻혀서 살아야 하나?' 하는 의문이 있었지만, 막상 엄마를 대하고 보니 내가 물어야 할 게 아니라 물음을 받아야 옳다는 생각이 들었다. 사람은 자주 보고 자주 만나야 정이 든다고 들었지만, 모정은 그렇지 않았다. 평생을 떨어져 있었어도 단번에 자석의 양극과 음극처럼 서로를 끌어당겼다.

늙고 초라한 엄마의 모습을 보면서 이것이 엄마와의 마지막 만남이 될지도 모른다는 불길한 예감이 머리를 스쳤다. 어디 아프신 데는 없나, 끼고 사시는 지병은 없나, 걱정거리는 없나 하는 것만 물어보았다. 무엇이라도 도와드리고 싶었다.

엄마는 아무 말도 하고 싶어 하지 않았다. 누나나 고모들에 관해서도 예전처럼 묻지 않았다. 궁금해하는 것 같지도 않았다. 과거를 다 잊어버린 사람처럼 보였다. 현실만이 당신의 삶이라는 것을 그대로 받아들이고 산다는 느낌을 받았다.

선물로 사 간 금반지를 바싹 마른 손가락에 끼워 드렸다. 헐거워서 헐렁헐렁했다.

## 65

:
:
:

엄마와 나는 아주머니가 잘한다는 김치찌개를 놓고 마주 앉았다. 주연아주머니는 특별히 돼지고기를 많이 넣고 얼큰하게 끓여주었다. 엄마는 내게 돼지고기를 많이 먹으라고만 하고 당신은 맨 김치만으로 아침을 먹었다. 찌개에 들어 있는 돼지고기를 잡수시라고 꺼내 드려도 엄마는 굳이 싫다고 하면서 고개를 저었다. 안 먹던 기름기를 먹으면 배탈이 난다고 했다. 고기 한칼도 먹지 못하고 산다는 느낌을 받았다.

그날이 마침 둔내 장날이라 엄마는 나온 김에 장날 구경이나 하고 돌아갈 거라고 했다. 나는 엄마와 애미를 차에 태우고 둔내 장마당으로 향했다.

산골 장터라고 해도 장터는 생기가 넘치는 사람들로 바글거렸다. 아무 데서나 물건을 펴놓고 팔기도 하고 필요한 걸 사기도 했다. 엄마가 좋아하는 무엇이라도 집으라고 했건만, 엄마는 아무것도 원치 않았다. 이것저것

소년은 알고 싶다

권해보아도 고개를 저었다. 그러면서 호미나 한 자루 사 겠다고 집어 들었다. 장에 나온 사람들은 한 보따리씩 사 들고 걸어 다녔다. 그중에서도 나를 놀라게 한 건 꽃 집에 사람들이 많이 몰려 있는 광경이었다.

시골 사람들이 국화꽃 화분을 사는 여유에 놀랐고, 꽃을 사랑하는 그들의 아름다운 마음에 감복했다. 시골 일망정 꽃을 좋아하는 사람들이 많다는 것은 생활이 풍 요롭다는 이야기다. 엄마는 호미하고 몸빼바지를 하나 샀다.

귀여운 쌍둥이 강아지를 안고 모퉁이 구석에 앉아서 강아지 주인을 기다리는 할머니 개장사를 만났다. 할머 니 품속이 따듯해서 그런지 강아지는 깊은 잠에 빠져있 었다. 시장을 한 바퀴 다 돌아서 나올 때까지도 강아지 의 임자가 없었는지 할머니는 그 자리에 그냥 쭈그리고 앉아 있었다.

애미에게는 쌍둥이 강아지를 안겨 주었다. 세상은 변 하고 늙은 개는 죽을 것이다. 새로운 것에 정을 붙여야 할 것 같아서 그랬다. 애미는 양팔에 한 마리씩 강아지를 껴안고 귀엽고 예뻐서 어쩔 줄을 몰라 했다. 강아지에게 연거푸 뽀뽀를 해댔다.

돌아오는 길에 애미는 식당 앞에 내려주고 엄마를 태운 채 핸들을 범바위 방향으로 돌렸다. 범바위에서부터 들죽골까지는 걸어가야 한다. 낮에 보니 풀이 정강이까지 자란 좁아터진 길이 경운기나 겨우 지나다닐 정도로 협소해 보였다. 초가을이지만 한여름처럼 더웠다.

범바위에 차를 세우고 낮살 꽤나 먹은 도토리나무 그늘에 앉아 잠시 쉬었다. 햇볕은 따가웠으나 나뭇잎들이 싱싱한 초록 사이로 서늘한 바람이 지나가곤 했다. 아무리 선풍기가 잘 돌아가도 선들바람만 못하듯이, 아무리 훌륭한 파라솔을 펼쳐놔도 나무 그늘의 시원함과는 비교가 되지 않았다. 길만 빼놓고 사방이 다 숲이었다. 짜증스럽게 느껴지던 늦더위가

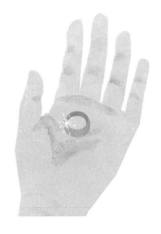

소년은 알고 싶다

녹색 숲을 지나오면서 누그러졌는지 유순하고 부드러 웠다.

선들바람이 풀 냄새를 몰고 와 코끝을 스쳤다. 예전에 는 가을이 의미 있는 계절이라는 걸 몰랐다. 거저 왔다 가 지나가는 또 하나의 계절인 줄만 알았다. 그러나 가 을은 여느 계절과는 달리 헤어지기 바로 전에 다가오는 아쉬움과 같은 날이다. 아쉬움과 애틋함이 함께 어우러 져 슬프고 쓸쓸한 날이다.

사무치게 그리웠던 엄마와 같이 있다는 것 하나만으 로도 행복했다. 하늘도 알았는지 녹색 풀밭과 야생화가 우리를 축복해주었다.

엄마가 왜 나와 누나를 버리고 갔는지 알고 싶었지만, 마음 아파할 것 같아서 묻지는 않았다. 그래도 엄마는 내 마음을 짐작이나 한 것처럼 슬며시 말문을 열었다.

―옥매는 잘 있냐? 날 몹시 원망하겠지?

―아니에요, 원망은 무슨 원망.

―너나 옥매나 마음고생 많았지. 내가 안다.

고생 안 했다고 말했다. 원망 안 한다고 말했다. 하지만 사실 누나는 누구보다 엄마를 미워하고 원망한다. 원망을 넘어서 증오까지 한다. 어린 자식을 버리고 도망 간 엄마를 지금도 이해하지 못하고 있다. 엄마는 알고 있는 것 같았다. 너무 원망만 하면 몸 상한다며 누나의 건강을 염려했다.

엄마는 손가락에 끼고 있던 금반지를 빼더니 내 손에 쥐여 주었다. 의아한 마음이 들었다. 금반지가 마음에 안 드시나 했다.

　—왜, 반지가 마음에 안 드세요?

　—팔자에 없는 금반지 같은 걸 끼고 있다간 사달이 날 것 같아서

　　그래.

그러면서 평생 끼고 산 거나 진배없다고 했다. 금반지 를 끼고 갔다가는 늙은 남편이 술 마시는 데 좋은 빌미 나 될 것으로 생각하는 것 같았다. 엄마가 같이 사는 그 남자가 내게는 새아버지가 될 것이다. 그래도 차마 아버지라는 말이 입에서 나오지 않았다.

　—그동안 고생하셨으니 이제부터는 저하고 미국에 가서 사시면

　　안 될까요?

이것은 진심이었고 그렇게 살아보고 싶어서 한 말이었다. 더군다나 그 지겨운 남자로부터 엄마를 떼어놓고 싶어서 한 말이기도 했다.

엄마는 자식을 두 번 버렸으면 됐지 더는 버리고 싶지 않다면서 고개를 저었다. 스스로 자괴감을 지니고 사는 것 같기도 하고 못된 어미라는 죄책감에서 벗어나지 못하는 것 같게도 보였다.

─천 리 도망은 가도 팔자 도망은 못 간다고 했어. 나는 내가 사는 게 고생이라고 생각하지 않아…….

고통과 치욕 같은 현실을 겸허하게 받아들이는 엄마의 삶이 불쌍하고 애처로워 보였다.

─이제 더는 찾아오지 마라. 내게 다 큰 손주들도 있고 자식들 낯도 있으니 볼 면목이 없어서 그래. 인제 그만 가봐.

엄마의 한마디에 기어이 무너지고 말았다. 참으려고 해도 눈가에 눈물이 핑 돌았다. 엄마는 범바위 고갯길을 향해 걸어갔다. 안녕히 가시라는 말을 했다가는 마지막 만남이 될 것 같아서 아무 말도 하지 못했다. 산과 구름이 엄마와 함께 넘어가고 있었다.

나는 엄마가 고개를 넘어 보이지 않을 때까지 뒷모습을 바라보며 멍하니 서 있었다.

소년은 알고 싶다

## 5부

어떤 비밀은 알고 싶다
A Certain Secret

## 66

⋮

을씨년스러운 겨울날의 늦은 오후였다.

TV에서 서울은 미세먼지와 매연이 심각하다면서 위성 사진의 붉은색이 한반도를 감싸는 장면을 보여주고 있었다. 서울 공기와 비교하면 내가 사는 캘리포니아 연안은 태평양 기류에 밀려 들어오는 공기가 신선하다 못해 쌉쌀한 맛을 낸다.

해가 꼴깍 넘어가지는 않고 산언덕에 노루 꼬리만큼 남아 있었다. 늙은 부부만 사는 집은 늘 비어 있는 집 같아서 쓸쓸해 보였다. 제시카는 보지도 않으면서 TV를 틀어 놓아서 소리만 들려왔다. 한바탕 수선을 떨고 지나간 크리스마스이브 다음 날이었다. 복작대던 가족이 다 가버린 집 안은 쓸쓸하고 괴괴한 가운데 TV 소리만 들렸다.

이번 크리스마스이브는 좀 특별났다. 가족이 한 명 더 늘어났기 때문이다. 엊그제 돌이 갓 지난 손녀가 단연

코 인기를 독차지하는 주인공 노릇을 톡톡히 했다. 울지 않는 순둥이인데 막 걷기 시작하면서 하라는 대로 흉내는 다 낸다. 이제 겨우 한 살인 주제에 제 눈에도 아이들은 아이들로 보이는 모양이었다. 사촌 오빠들만 따라다니겠단다.

아이들이 뛰어노느라고 집 안이 어수선했다. 자질구레한 선물이지만 선물 보따리를 푸느라고 한동안 시간 가는 줄 모르게 웃고 떠들었다. 선물을 뜯을 때마다 환성이 터져 나오고 감탄 소리가 퍼져나갔다. 아이들은 작은 일에도 감동하고 기뻐했다. 제 것이 아닌 남의 선물에도 관심이 많고 즐거워했다. 마치 눈 오는 날에 눈이 제 것이 아닌데도 즐거운 것처럼.

제시카도 은퇴했다. 은퇴 생활이라는 게 한가로움이 지나쳐서 때로는 외롭고 쓸쓸한 거다. 나야 은퇴한 지도 오래되었으니 한가한 생활이 몸에 배어 있었지만, 제시카는 처음 살아보는 한가한 삶이라 아직은 생뚱맞고 어색할 뿐, 실감이 나지 않는다고 했다.

은퇴 기념으로 같이 한국으로 여행을 떠나기로 했다.

제시카는 그동안 너무 바쁘게 사느라 한 번도 한국에 가보지 못했다. 늘 가보고 싶다고 말만 하다가 세월을 다 보냈다. 내게는 이번이 마지막 한국 방문이 될 것이고 제시카도 처음이자 마지막이 될지도 모르겠다.

같이 늙어가는 처지이지만 실제로 제시카는 나보다 십년이나 젊으니 젊게 보이는 건 당연했다. 피부가 아직도 팽팽한 게 나이만큼 늙어 보이지도 않았다.

제시카는 헌터 더글라스 윈도 패션 회사에서 내셔널 세일즈 매니저까지 지냈는데, 북아일랜드 영국계 이름을 가졌다는 것이 성공의 첫 단추였다. 미국은 자유 경쟁 국가라고 하지만 현실은 그렇지만도 않다. 성공은 영국계여야 하고, 학교는 아이비리그 출신이어야 하며, 취직은 "너 누구 알아?"라고 하는 소위 '줄'이 있어야 한다.

우리는 남들처럼 아이를 낳아서 기르고 학교에 보내느라고 바쁘게 살았다. 여름방학이 시작되는 6월 말이 되면 더욱 바빴다. 방학 기간 석 달 동안 과테말라로 자원봉사를 떠나는 아들 녀석의 준비물 마련하랴, 공항까지 태워다 주랴, 일하는 시간을 쪼개서 움직이려면 애를 태우는 때도 많았다.

딸은 대학에 가려면 SAT 성적을 올려야 좋은 대학에 갈 수 있어서 여름방학 내내 준비 학원에 다녔다. 오갈 때 태워 나르려면 거의 붙어 다녀야 할 지경이었다. 제시카는 직장으로 출근하고 나면 그만이지만, 나는 비즈니스 하랴, 자식들 돌보랴 눈코 뜰 새 없이 바빴다.

내가 부모에게서 받아보지 못한 사랑을 자식들에게는 아낌없이 다 주었다. 아이들에게 진정한 아름다움과 순수한 사랑을 볼 수 있는 눈을 뜨게 해주려고 많은 시간을 할애했는데, 정작 애들은 어떻게 받아들였는지 모르겠다.

## 67

⋮

그것도 다 지나간 일이다. 돌이켜보면 그때가 좋았다. 바쁘면서도 사는 보람을 느꼈다. 이제 어른이 된 자식들은 제 갈 길을 찾아 나섰고 집은 텅 빈 새 둥지처럼 쓸쓸하다.

지금 생각하면 아무것도 아닌 일을 가지고 그때는 심각하게 따지고 들었다. 그냥 내버려 둬도 매사가 잘 귀결될 터인데, 뭐든지 내가 꼭 참견해야 하는 줄만 알았다.

결혼은 일종의 비즈니스라고 생각하는 마음은 예나 지금이나 변함이 없다. 이런 증세는 자식들이 결혼 적령기를 거치면서 더욱더 심해졌다. 딸이 남자친구랍시고 누군가를 소개해주면 먼저 인물을 보고 그다음으로 직업이 무엇인지 물었다. 말로는 사람만 좋으면 된다고 하면서도 관심은 온통 저 녀석이 능력은 있는 놈인지, 아닌지 궁금해하는 이런 덜떨어진 생각을 하지 않을 수

소년은 알고 싶다

없었다. 게다가 내가 생각하는 능력이라는 게 오로지 경제력만 재는 잣대를 들이대는 거라서 더 큰 문제였다.

아들 녀석도 여자 친구의 직업에 관심이 많아 보였다. 사랑은 그다음 순위로 매겨진 느낌이었다. 아들에게 누 누이 당부하기를, 월급봉투는 2개여야 한다는 것을 가 르쳐 주었다. 되돌아보면 나 자신이 그랬기 때문에 자식 들에게는 더욱 심도 있게 따지고 들었는지도 모르겠다.

나는 혼자 벌어서 가족을 먹여 살리기에는 왠지 자신 이 없었다. 옛날과 달리 문명이 발달한 사회에서 순수 한 사랑을 바란다는 것은 사치일 뿐이라는 생각은 지금 도 변함이 없다. 인정하고 싶지는 않지만, 결혼은 비즈 니스다. 게다가 눈속임일망정 비즈니스가 아닌 것처럼 보여야 하는 비즈니스다. 사랑에 빠져 결혼을 잉태했으 면 좋으련만, 실제로 그렇게 하면 어리석은 사람 취급받 기에 딱 좋다. 세상이 약삭빨라지면서 사랑에 빠지기도 전에 이미 사랑 비즈니스는 작동한다. 비즈니스에 의해 사랑을 할 수도 있고 안 할 수도 있다.

하지만 실질적으로 비즈니스의 동력은 사랑이다. 사

랑의 동력이 앞에 달려있거나 뒤에 붙어 있는 것과는 상관없이, 동력 없이는 사랑 비즈니스가 굴러갈 수 없는 구조가 결혼이다.

내가 두 눈을 부라리고 자식들 결혼 상대를 주시했건만 내 맘대로 된 것은 아무것도 없다. 자기들이 좋으면 결혼에 골인하는 데는 어쩔 수 없었다.

그렇게 만난 파트너이지만 곧잘 살고 있다. 사랑은 잠시이고 나머지는 정으로 살기 때문에 그럴 것이다. 어느새 손주가 셋에다가 손녀가 하나 더 늘었다.

소년은 알고 싶다

# 68

남들은 부부로 살면 싸우면서 산다고 했지만, 우리 부부는 싸우는 일이 별로 없었다. 부부싸움이라는 게 말로 하는 싸움인데, 가정의 언어로 제1언어인 영어를 사용하는 마당에 제2언어 출신인 나는 말로서는 당해낼 재간이 없는 것도 이유 중 하나였다. 아무리 시간이 흘러도 영어 때문에 나는 은연중에 주눅이 들어 있었다.

한국인들끼리 모국어로 부대끼다 보면 밑바닥 감정까지 흔들리는 바람에 충돌이 일어나는 게 싸움이다. 그러나 한국인이 제2언어인 영어를 사용하게 되면 문화와 배경이 다른 관계로 심층의 깊은 감정까지는 닿지 못해서 마음 상하는 일이 그만큼 적은 관계로 싸움까지 치닫지는 않았다.

미국에서 나서 자란 제시카는 미국 생활에 관한 한 나보다 아는 게 많았다. 나는 매사 물어보는 데 익숙해서 제시카가 이것저것 가르쳐 줘도 기분이 나쁘거나 자존심이 상하는 것도 아니었다. 하다못해 자질구레한 것까지 참견해도 그러려니 하고 넘어갔다.

제시카는 은퇴 후 집에 머무는 시간이 많아지면서 '24 피트니스 클럽'에 매일 운동하러 다녔다. 아침을 먹고 나가면 점심때나 돌아온다. 늘 오전 시간은 내게 여유로운 시간이다. 여유롭고 한가한 마음은 외로움으로 치달았다. 때때로 어린 시절, 한국이 떠오르고 그립다는 생각도 들었다.

세월이 점점 좋아지면서 이제는 한국을 이웃집 드나들 듯 다녀오게 되었다. 사람은 죽을 때가 되면 머리를 고향으로 둔다더니, 나 역시 옛날 생각이 문득문득 떠올랐다. 그동안 기회를 만들려고 했다면 얼마든지 만들 수도 있었을 것이다. 그러나 구태여 찾아가 만나야 할 사람도 없고, 생각이나 의욕도 없거니와 설혹 있다손 치더라도 만나볼 용기가 나지 않았다. 어렸을 때나, 늙어서나 매사 재면서 망설이다가 세월을 다 흘려보내는 천성은 여전했다.

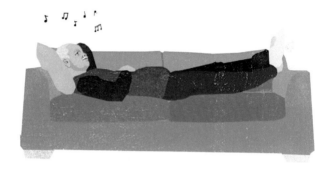

## 69

늘 하던 대로 한가한 오전이면 소파에 누워서 음악을
듣는다.

플레이어에 CD를 밀어 넣었다. 번스타인이 연주하는
브람스의 교향곡 1번이 흘러나왔다. 느린 서주에서 불길
하게 피어오르는 묵중한 팀파니의 박동이 집요하게 반
복된다. 팀파니의 연타에 이어 장대한 음률이 거실을
뒤흔들었다. 마치 베토벤의 교향곡 5번 〈운명〉처럼.

거실에는 어린 손녀 키만큼 커다란 스피커가 달린 구

형 아날로그 스테레오가 있다. 오래되었을 뿐, 별로 쓰지 않았으니 새것이나 다름없다. 지금은 디지털 기술이 발달해서 음향 기기도 작아지면서 소리의 정확도를 높여 들을 수 있다지만, 그래도 커다란 스피커에서 울려 나오는 음질을 따를 수는 없다. 내가 아날로그 세대가 돼서 그런지 디지털에서 나오는 소리는 아무리 들어도 정이 가지 않았다.

브람스의 교향곡은 다소 복잡한 구조를 지녔다. 소박하고 우수 어린 선율이 있는가 하면 더러는 긴장을 불러일으키는 남성적인 카리스마도 보여준다. 내가 이 곡을 좋아하게 된 까닭은 브람스가 무려 21년이나 걸려서 곡을 작곡했다는 신부님의 설명을 듣고 난 다음부터다.

소파에 누워서 지그시 눈을 감고 번스타인이 자신의 스타일 대로 다듬는 브람스 교향곡 감상에 젖어 들었다. 고희에 접어들면서 브람스 곡을 자주 듣는 까닭은 혼자라는 외로움 때문일 수도 있고, 사람이 그리워지는 나이가 돼서 그러는지도 모르겠다. 팀파니의 장엄한 울림이 가슴을 두드리면서 첫사랑에 대한 그리움이 뭉게 구름처럼 피어올랐다. 이루지 못한 사랑은 늘 아쉽고 그립기 마련이다. 살다 보면 때때로 추 양의 얼굴이 떠오르듯이 추 양도 내가 생각날 때가 있으리라. 그리움이 마음 한구석에 남아 있다는 것은 축복이다.

짐작해 보건대 추 양은 누구에게도 우리의 사랑 이야기를 하지 않았을 것이다. 나 역시 지금까지 이런 이야기를 누군가에게 비춰본 일은 없다.

청년 시절에 느꼈던 설렘과 혼란스러웠던 감정은 내 인생에서 딱 한 번이었을 뿐이다. 늙고 보니 아름다웠던 일들만 추려서 기억 속에 남는다. 살다 보면 때때로 보고 싶기도 하고, 궁금하기도 하다. 그뿐만 아니라 좋은 남자 만나서 잘 살아주었기를 바라는 마음 간절하다.

소파에 누워서 듣는 브람스의 교향곡 선율은 아름답고 평화로운 자연을 연상케 했다. 어딘가 우수가 감도는 경쾌하면서도 빠르고 가벼운 곡선이 마치 넓고 푸른 초원을 돌아 나오는 것 같았다. 현악기의 선율이 감성을 고조시키는가 하면 목관악기의 고유한 선율이 어우러지면서 소박하면서도 더없이 행복하다는 느낌으로 다가왔다.

## 70

코스모스처럼 청순한 그녀는 지금도 내 기억 속에서 영원히 처녀로 살아 숨 쉰다. 사람의 기억은 참으로 이상해서 아무리 그녀의 늙어가는 얼굴과 모습을 그려보려고 해도 떠오르지 않았다. 한 번 입력된 영상은 지울 수도 없고, 고칠 수도 없다.

우리는 사랑한다는 말 없이도 사랑을 느끼고 알아차렸다. 지금 와서 생각하면 그 흔해 빠진 사랑한다는 말 한마디 해주지 못했던 게 아쉽다. 그래도 생각해보면 우리의 40년 인연은 끝난 것이 아니다. 서로의 가슴속에서 살아 숨 쉰다고 믿는다.

그때 미처 돌려주지 못했는지, 일부러 돌려주지 않았는지는 몰라도 지금껏 내게 남아 있는 고원의 시집 『오늘은 멀고』를 책꽂이에서 꺼내 들었다.

색 바랜 책장을 넘기다가 책갈피에 식물 채집 같은 코스모스 꽃잎이 끼어있는 페이지에서 눈길이 멈췄다.

"오늘은 멀고/ 오늘보다 먼저/ 내일이 오는 지점에/ 꽃냄새를 맡듯이/ 마음이 멎는다. 꽃냄새는 없는데/ 자리는 비었는데……."

추 양에게는 단 한 번도 해주지 못했던 "사랑한다"라는 말을 제시카와는 수백 번도 더 주고받았다.

사랑하는 아내와 자녀와 손자까지 있어도 또 다른 사랑이 그리운 것은 무슨 연유인가? 나는 리모컨으로 스피커에서 흘러나오는 브람스의 교향곡 볼륨을 높였다. 경쾌함과 찬란함을 넘어서 환희에 가득 차 기쁨과 행복을 선물하는 것 같은 느낌이 다가왔다. 아름다운 선율은 자연이 주는 경이로움을 넘어서 무한한 행복을 내뿜는 분수처럼 솟구쳐 흘러나왔다.

언제 제시카가 들어왔는지, 그녀가 큰소리로 나를 나무라듯 말했다.

─왜 이렇게 음악을 크게 틀어놨어요?

제시카의 음성이 귓전을 울렸다. 잠시나마 아내를 잊고 첫사랑의 구름 속에서 헤매고 다녔나 보다. 제시카의 찡그린 표정을 보는 순간 나는 마치 빈집에서 혼자 포르노 비디오를 보다가 들킨 사람처럼 얼굴이 붉어 옮을 느꼈다.

소년은 알고 싶다

## 71

⋮

짐을 다 꾸려 놓았다. 며칠 전부터 이웃에 사는 딸에게 공항에 실어다 달라고 부탁했다. 딸은 해야 할 일을 열거하면서 스케줄이 꽉 차 있다고 오히려 큰소리를 쳤다. 며느리에게 전화를 걸었다. 학교 선생인 며느리는 아침 9시부터 학부모 면담 예약이 잡혀서 꼼짝도 못 한단다.

이런 못된 것들이 있나? 자기들이 공항에 드나들 때는 내가 다 실어다 주고 실어 오고를 얼마나 많이 해줬는데, 어쩌다가 한 번 부탁했더니 일언반구에 거절해 버려? 불효막심하다는 생각이 들었다. 오기가 나서 "다들 그만둬라. 택시 타고 가지."라고 말해놓고도 한동안 괘씸하다는 생각이 머릿속에서 가시지 않았다. 자식 길러 봐야 다 부질없는 짓이라는 생각도 들었다. 제시카에게 기분이 언짢다고 하소연인지 불평을 털어놓았다. 제시카는 뭐 그런 걸 가지고 화를 내느냐면서 느긋하게 말했다.

—언제 자식 덕 보려고 길렀어요? 도리어 우리가 도와줘야

  지…….

—그래도 그렇지, 도와줄 일이 있으면 서로 도와야 하는 거 아니

  에요?

—그러지 말고 커피나 마시고 마음 좀 가라앉히세요.

제시카는 시시비비를 가리기는커녕 내가 흥분한 것으로 보이는지 자제하라고 나를 달랬다. 그러면서 커피메이커의 스위치를 켰다.

커피를 마시면서 불만스러운 마음을 조금은 추슬렀다. 제시카는 이럴 줄 알고 미리 우버로 예약해놨다면서 걱정하지 말라고 했다. 그러면 그렇지, 어쩐지 제시카가 여유 있게 군다고 생각했다.

흔들리는 마음이 한국식 사고와 미국식 사고 사이를 왔다 갔다 해댔다. 제시카의 말이 맞는 것도 같다. 자식에게서 보상을 받겠다는 건 유교적 발상이라는 생각도 든다. 자식이 자라는 동안 내게 기쁨과 즐거움을 선물한 것으로 나는 충분한 보상을 다 받았다. 아무리 다 자라

어른이 된 자식이라도 자식은 늘 자식일 뿐이다. 기쁨과 즐거움을 여전히 선물해주고 있다.

귀여운 손주를 내게 안겨주고, 때가 되면 찾아와서 즐거움을 선물한다. 자식이 없다면 이런 보상을 어디서 받겠는가? 내가 자식이 원하는 것을 해주는 것처럼 자식은 자기 자식이 원하는 것을 해주느라고 바쁘다. 물이 거꾸로 흐르기를 바랄 수는 없다는 생각이 들었다.

## 72

⋮

인천 공항이 가까워지면서 비행기는 고도를 낮췄다. 아파트 단지의 불빛과 길가의 가로등이 끝없이 펼쳐졌다. 어찌 된 영문인지 불야성의 끝이 보이지 않았다. 미국은 땅이 넓어서 도시를 벗어나면 곧바로 황야가 돼서 깜깜한데, 한국은 도시의 끝이 안 보였다. 아파트들이 도미노를 세워놓은 듯 빽빽하게 들어서 있었다.

공항에 내렸으나 아무도 마중 나온 사람은 없었다. 그나마 다행인 것은 날씨가 생각했던 것보다 춥지 않다는 점이다.

웨스틴조선 호텔에 짐을 풀었다.

밖이 어둑어둑해서 자세히 볼 수는 없었지만, 공항에서 오는 내내 길이 넓다는 느낌을 받았다. 인터넷으로 검색도 해보고 TV 화면을 통해서 익히 보았으나 막상 와서 보니 피부로 와닿는 서울은 생소했고, 생각보다 긴장감을 불러일으킬 만큼 빨리 돌아갔다. 제시카는 미국

소년은 알고 싶다

의 한 도시를 여행하는 것처럼 전혀 다른 점을 느낄 수 없다고 했다.

짐을 풀어 고종사촌 형님에게 드릴 선물을 꺼냈다. 제시카와 나는 미국식 실용주의여서 생색낼 만한 과시성 선물은 준비할 줄 모른다.

—얘, 요샌 잠이 안 와. 늙어서 그런가 봐. 한국에 나올 때 멜라토닌 좀 사 가지고 오렴.

집을 떠나기 전에 서울 강남에서 사는 고종사촌 형님한테서 받은 부탁이었다.

작은 멜라토닌 약병 하나 달랑 들고 제시카와 나는 전철에 몸을 싣고 강남으로 향했다. 두더지처럼 땅속 굴로만 달리니 서울이 어떤지 알 수 없다고 제시카가 불평 섞인 어조로 말했다. 그러나 그것보다 더 곤욕스러운 것은 번호만 보고 찾아다녀야 하는 것이었다. 영 마음에 안 들었다.

이십여 년 전에 전철을 타면 앞에 앉아 있는 사람들이 모두 눈을 감고 있었다. 지금은 너나 할 것 없이 스마트폰을 들여다보고 있었다. 스마트폰 중독에 걸린 사람들처럼 보였다. 본인들은 중독이 아니라고 할 것이다. 그러나 앉아 있어도 그냥 있지 못하고 스마트폰을 만지 작거리는 것 자체가 이미 중독 중세다. 만일의 경우 스마트폰을 집에 두고 나왔다면 불안해서 못 배길 것이다.

진화에 진화를 거듭하는 스마트폰이 어느 날 어떻게 변신해서 우리 앞에 다가올지는 아무도 모른다. 10년 전에 없었던 풍습이 지금 유행하듯이, 10년 후에는 또 어떤 풍습이 우리를 놀라게 할지 궁금하다.

긍정적으로 보려고 해도 이미 스마트폰을 들여다보는 사람들이 너무 많다. 스마트폰을 들여다보고 얻을 게 무엇이 있겠나? 몰라도 그만인 토막 뉴스 정도? 스마트폰은 간식에 불과하다. 사람이 살아가는 데 밥을 먹어야지, 간식만으로는 생명 유지가 안 된다. 세상이 약아지다 보니 간식도 새롭게 무장하고 나섰다. 주스 팩 한 봉지만 마시면 하루에 필요한 비타민은 다 섭취했다느니, 에너지바 하나면 점심식사와 맞먹는 칼로리라느니 별별 소리를 다 하지만, 어디 그런 것만 먹고 살아보라고 하지. 말도 안 되는 소리다.

스마트폰도 마찬가지다. 스마트폰에 온갖 것이 다 들어 있다고 하지만, 어디 스마트폰만 가지고 살아보라고 하지. 말도 안 되는 소리다.

형님이 전철역 3번 출구에서 기다리겠다고 했다. 3번 출구를 찾아가다가 이상한 꼴이 눈에 띄었다.

미국에서는 젊은 남녀가 껴안고 서서 비비고 만지는 걸 볼 때마다 모양새가 너무 야하다는 생각은 들었지만 볼썽사납다는 생각은 하지 않았다. 그러나 서울 지하철역에서는 젊은이들이 서로 껴안고 서 있는 것만 보아도 떨떠름하게 보인다. 부모가 어떻게 길렀기에 만인이 보는 앞에서 아랑곳없이 저런 짓거리를 하나 하는 생각이 들었다. 그중에서도 저 여자아이는 부끄러운 게 뭔지 모르나 하는 생각도 들었다.

다 같은 젊은이들의 행위인데도 한국과 미국에서 보이는 것이 달리 보인다. 한국에 오면서 기준의 잣대가 달라졌다는 것에 나도 놀랐다.

## 73

⋮

형님이 괜히 3번 출구에서 기다리겠다고 한 게 아니었다. 그냥 찾아오라고 했다면 도저히 찾지 못했을 것이다. 아니, 온종일 헤매고 다녔을 것이다. 사람들에게 이리저리 차이고 거기가 거기 같아서 정신이 없었다. 고층 아파트들이 빼곡히 들어찬 빌딩 숲이 인상적이었다. 도미노처럼 서 있는 빌딩 사이에서 자기 집을 찾아가는 형님이 신기해 보였다.

모처럼 형수님이 해주는 점심을 먹었다. 옛날에 어려서 먹던 맛을 되살려주는 음식솜씨는 형님네 집밖에 없다. 같은 밥이지만 음식 맛이 입에 딱 맞는다. 미역국이며 가지무침, 늙은 오이무침에다 현미밥이 주메뉴였다. 미역국은 옛날에 어려서 먹었던 그 맛이었다. 늙은 오이무침은 반세기 만에 먹어보는 거였지만 어쩌면 미국 맛에 찌든 줄 알았던 혀가 그 옛날 맛을 잊어버리지도 않고 기억해내는지 나도 놀랐다.

소년은 알고 싶다

형수님은 제시카가 먹을 만한 음식이 없어서 어떻게 하느냐며 걱정했다. 나는 별걱정을 다 한다고 말해주었다.

　—염려 마세요. 제시카는 한국 음식이라면 나보다 더 잘 먹어요.

　—그래? 천만다행이네.

　제시카가 말했다.

　—내가 제일 좋아하는 음식은 수제비예요.

　—아니, 수제비는 어떻게 알아?

　수제비는 내가 집에서 자주 끓여 먹던 음식이었다. 수제비를 끓이면 딸도, 제시카도 맛있어했다.

　점심을 먹으면서 형님이 말했다.

　—막내 이모가 돌아가셨다?

　나는 깜짝 놀랐다.

　—돌아가시다니요, 왜?

　—뭐, 나이가 들어서 가신 거지.

　—올해 몇인데요?

　—아흔다섯이야.

　—아흔다섯? 그래도 그렇지, 갑자기 돌아가시다니요?

―기침이 쏟아져서 병원에 갔는데 약도 써보지 못하고 돌아가셨

대. 그동안 병원에 가기 싫다고 한 번도 안 다녔다나 봐……

고종사촌 형님에게는 이모지만 내게는 고모다. 막내 고모 이야기를 하면서 형님의 건강은 어떤지 물어보았다. 형님은 인생이 슬프다고 했다. 아무것도 하고 싶은 것도 없고, 누구한테서 전화나 오지 않나 하고 기다리고 있으니 사는 게 뭐 이러냐고 했다. 그러면서 "이젠 내 차례다?"라고 말하며 웃음 짓는 얼굴이 진짜 웃음 같지 않아서 나도 슬퍼졌다.

―자꾸 드러눕고만 싶고, 누워 있는 게 제일 편하니, 죽으려나 봐.

제시카에게 형님의 말을 통역해주었다.

―드러누워서 죽겠다, 죽겠다 하면 정말 죽어요. 죽는 건 눈 깜짝

할 사이예요. 목표를 정해놓고 아침에 일어나면 몇 번이고 다

짐하세요. 그러면 그렇게 돼요. 소망을 이루려는 노력이 있어야

지, 소망도 없으면 허망하고 허무해서 죽고 싶을 뿐이에요. 목

표를 세우고 소원을 비세요. 분명히 이루어집니다.

제시카가 하는 말을 형님에게 전해주었다.

## 74

⋮

  친구 동석이와 덕수궁 앞에서 만났다. 동석이가 시키는 대로 매표소 앞에서 서성대고 있었더니 누가 어깨를 툭 쳤다. 뒤돌아보니 동석이었다. 어느새 내 앞에 서 있었다. 이름도 차마 못 부르고 손을 잡고 얼굴만 바라보며 웃을 수밖에 없었다. 반세기도 더 넘게 한 번도 만나본 적이 없는데도 보는 순간 첫눈에 내가 그리던 동석이임을 알아볼 수 있었다. 얼굴엔 없던 안경이 끼워져 있고 희끗희끗한 머리 때문에 늙어 보일 뿐, 그 얼굴 그대로였다. 얼굴 볼에 있던 점도 그대로 있었다. 나직하고 차분한 목소리며 얌전한 태도도 옛날 그대로였다. 세 살적 버릇 여든까지 간다더니, 옛말이 하나도 틀린 게 없구나 하는 생각이 들었다.

  동석이와는 이십 대에 헤어지고 그 후로 얼마나 많은 세월이 흘렀는지 세어볼 수도 없다. 오래전에 한국을 방문했을 때 만나보고 싶었지만, 친구가 외교관으로 나이

지리아 대사관에 나가 근무하는 바람에 기회가 없었다.

얼마 전부터 인터넷을 통해 연락이 닿아 메일을 주고 받으면서 그동안 궁금했던 것들을 물어보고 내가 잘못 알고 있었던 소식은 수정해가면서 사진도 주고받았다. 이메일만이 아니라 영상 통화도 할 수 있었으나 원래 전화 받기를 좋아하지 않는 나는 통화는 뒤로 미루어 놓았다. 세상을 살다 보면 고등학교 동창처럼 마음 터놓고 떠들 수 있는 친구도 없다.

제시카에게 동석이를 소개해주었다. 제시카도 내게서 여러 번 들어 알고 있는 친구였다. 동석이는 외교관 출신이어서 영어도 곧잘 했지만 그래도 제시카를 보고 매우 불편해했다. 그것도 한국 여자가 아니어서 더욱 불편해하는 것 같았다. 반갑고 좋아하는 마음은 옛날이나 지금이나 다를 게 없었다. 긴 공백 기간을 거쳤어도 타고난 마음은 변함이 없다는 걸 확인받았다.

덕수궁에 들어갔다. 찻집 같은 실내보다 간단하게 데이트하기에는 덕수궁이 안성맞춤이라고 해서 따라 들어갔다. 한적한 고궁을 같이 걸으면서 동심으로 돌아가

소년은 알고 싶다

떠들고 웃으며 한바탕 신나게 지냈다. 아무리 오랜 시간이 흘렀어도 첫 만남에서 옛날 정이 그대로 되살아나는 감회도 맛보았다.

마침 덕수궁 대궐 문 옆에서 돌담길이라는 찻집이 개업 행사를 하고 있었다. 떡을 한 상 차려놓고 벌어지는 사물놀이패며 국악 연주가 우리의 만남을 축복해주고 있었다. 테이프를 막 끊은 찻집에 들어가 쌍화차를 마셨다. 제시카는 쌍화차 대신 커피와 시루떡을 먹었다. 제시카는 시루떡을 처음 맛본다. 먹을 만하다고 했다. 남편이 좋으면 남편이 좋아하는 건 다 좋은 거다.

동석이는 웃으면서 내게 왜 도시락을 싸 들고 다니느냐며 농담 섞인 어조로 말했다. 나는 그게 무슨 말인지 몰랐다가 뒤늦게 알아차렸다. 왜 불편하게 부인을 데리고 다니느냐는 말인 것을.

미국에서는 '친구' 하면 부부가 다 함께 알고 지내지만, 한국에서는 남편 친구와 아내 친구가 따로 있다는 사실을 몰랐다.

동석이는 제시카가 없었다면 오랜만에 룸살롱에 가서

실컷 마시고 흥건하게 놀 걸 그랬다며 아쉬워했다. 자기 부인은 소개해주지도 않고, 자기 집으로 초대해주지도 않았다. '미국 같았으면 당장 집으로 초대해서 마음을 열어놓고 떠들었을 터인데……' 하는 아쉬움이 남았다.

소년은 알고 싶다

# 75

⋮

　동석이도 어머니 없이 자라서 나만큼 어머니를 그리
워하며 산다.

　─산에는 자주 가보니?

　어머니 산소에 가보느냐고 물었다. 동석이는 여섯 살
때 어머니가 돌아가셔서 형수님 밑에서 자랐다는 걸 나
는 알고 있었다. 나도 어머니가 안 계셔서 우리는 동질
감을 느끼면서 친했던 것도 사실이다.

　─일 년에 한 번.

　─누가 산소를 관리하는데?

　─장조카가 하고 있지. 형수님은 한 번도 가보지 않았으면서 이
　　장해서 봉안당으로 모시자는 거야. 이장하려면 올해 해야 하는
　　데 올해에는 윤달이 껴서 이장해도 무탈하다나?

　─형수님도 많이 늙으셨겠구나. 넌 형수님이 어머니나 마찬가지
　　잖아?

　─아흔이 넘으셨어. 그래도 어머니 산소를 없앨 수는 없지. 내 가

*족이 건강하고 무사히 잘 지내는 것도 어머니가 돌봐주셔서 그*

*런 거 아니겠어?*

동석이는 자신과 가족들의 평온이 어머니를 잘 모셔
서 그런 거로 믿고 있었다. 어렸을 때 배가 아프다고 하
면 어머니가 양귀비를 달여주셨고, 그 물을 마시면 배
아픈 게 감쪽같이 사라졌다고 했다.

동석이는 나에게는 없는 어머니 산소를 가지고 있었
다. 어머니 산소가 있다는 게 부러웠다.

—*너희 어머니도 돌아가셨겠지? 만나 뵙기나 했니?*

이번엔 동석이가 물었다.

—*아니, 한 번도.*

—*찾아보기나 했어?*

—*이번 기회에 알아볼 생각이야. 언제 돌아가셨는지……*

동석이와 나는 잃어버린 모정을 이야기하다가 헤어졌
다. 헤어지면서 또 만나자는 약속 같은 것도 없었다. 그
저 "다시 연락하마." 하고 흐지부지 헤어졌다. 정말 다시
연락이 이루어질지, 아니면 이것으로 끝나는 건지 알 수
없는 것들이 삶의 이치임에도 불구하고.

소년은 알고 싶다

내가 죽기 전에 동석이를 만났던 것은 은근히 자랑하고 싶어서였을 것이다. 가난해서 먹고살기도 어려웠다면 만나자는 연락 같은 건 하지 않았을 터이니 말이다. 살면서 쓸데없는 자존심이 사람을 망설이게 만들고 괴롭히기도 하는 것이 못마땅했지만, 세속이 그러니 어쩔 수 없이 따라가며 산다.

할아버지, 할머니 그리고 어머니에게 "최병호가 잘 커서 부끄럽지 않은 아들이 되었습니다." 이렇게 자랑도 하고 내 모습을 보여드리고 싶었다. 그리고 칭찬받고 싶지만, 어른들은 다 돌아가시고 없다. 내 모습을 보고 기뻐하고 칭찬해줄 사람은 이미 이 세상에 없다.

아무도 지켜봐 주는 이가 없는 것 같아도 꼭 그렇지만도 않다. 마음속으로 어디선가 보고 계실 거라고 믿는 구석이 있기 때문이다.

## 76

⋮

배낭에 캐논 카메라를 담아 둘러멨다.

제시카와 나는 동서울 시외버스 터미널에서 양구행 우등버스를 탔다. 우등버스는 세련되고 편안했다. 이 정도로 고급스러운 버스를 미국에서는 타보지 못했다.

세월이 많이 흘러서 군인백화점이 아직도 있으려나 의구심이 들었지만 한번 가보기로 했다. 설혹 군인백화점이 사라졌다 하더라도 박수근 미술관이라도 들려보면 헛걸음은 아니라는 심산에서 길을 떠났다.

이모가 지금까지 살아 계신다면 아흔여섯이다. 그래도 자꾸만 이모는 살아 계실 것 같다는 생각이 들었다. 어머니 산소에 술이라도 한잔 올리려면 산소가 어디에 있는지 찾아봐야 하겠기에 무작정 양구에서부터 탐험 여행을 시작하기로 했다.

버스는 새로 뚫린 고속도로로 거침없이 달렸다. 아침 햇살이 차창을 통해 쏟아져 들어왔다. 엘니뇨 때문에 옛날처럼 그렇게 춥지는 않았으나 그래도 조금은 쌀쌀한 겨울이었다. 방안처럼 따스한 버스 안으로 햇살이 파고들어 제시카는 입고 있던 겨울 코트를 벗었다. 나도 따라서 벗었다. 새 길에, 새 버스에, 새 아침이었다.

양구가 가까워지면서 눈으로 뒤덮인 흰 산이 보였다. 눈 덮인 앙상한 산이 밖은 얼마나 추운지 말해주고 있었다. 그렇다고 눈이 길까지 덮인 것은 아니어서 불안하지는 않았지만, 대신 깜깜한 터널을 연신 드나드는 게 꺼림칙했다. 고속도로 터널이라는 건 미국에서는 볼 수 없는 새로운 경험이었다. 그중에서도 배후령 터널은 가도 가도 끝이 보이지 않았다. 정말 긴 터널이었다. 제시카도 불안했는지 내 넓적다리를 쿡 찌르면서 끝이 어디냐고 물어보란다. 나는 큰 소리로 배후령 터널의 길이가 얼마나 되느냐고 물어보았다. 운전사는 길이가 얼마나 되는지는 말하지 않고 진부령 터널이 이 터널보다 더 길단다. 뭐 이런 걸 가지고 놀라느냐면서 마치 터널이 자기 것 인 양 으스댔다. 제시카와 나는 서로 마주 보고 피식 웃었다.

버스는 배후령 터널을 지난 후에도 터널 다섯 곳을 더 빠져나온 다음에야 양구로 들어섰다. 춘천을 거치지 않고 직행으로 달려왔기 때문에 금세 온 기분이었다. 산속의 겨울은 까칠했다. 생명체가 배겨날 수 없는 환경처럼 보였다. 사방으로 온통 높디높은 산만 보였다. 언제 내린 눈인지, 눈이 녹지도 않고 그대로 남아 있었다.

국도는 몰라보게 깨끗하고 널찍했다. 국도만 새로워진 게 아니라 양구도 발전했다. 고층 아파트들이 들어서 있었고 넓은 길을 따라 상권도 다양하게 생겨났다.

구시가지로 들어서면서 옛 모습을 더듬어볼 수 있었다. 시외버스 터미널은 그 자리에 그대로였다. 모두 변해가는 세월 속에서 변하지 않은 것은 반갑고 정겨웠다. 시외버스 터미널 대합실로 들어가 보았다. 내부는 깨끗이 정비되어 있었다. 지하에 다방이 있고 2층에는 PC방이 있었다. 매표소 옆에는 커피앤이라는 카페도 영업 중이었다.

창문으로 거리를 내다보았다. 길 건너 왼쪽 코너의 군인백화점 역시 그 자리에 그대로 있었다. 간판도 바뀌지 않은 것이 눈물겹도록 반가웠다. 타임머신을 타고 과거로 여행 온 기분이었다. 세월이 많이 흘렀는데도 없어지지 않고 남아 있다는 게 얼마나 고마운지, 감격스럽기까지 했다.

오른편 코너에는 낯선 커피점이 자리 잡고 있었다. 줄리앙 와플이라는 테이크아웃 카페였다.

한쪽 벽은 온통 박수근의 〈나무와 여인〉 그림으로 채워져 있었다. 벌거벗은 겨울나무를 중앙에 두고 아기를 업은 여인과 소쿠리를 이고 가는 여인이 양쪽에 그려져 있었다. 양구가 화가 박수근의 고향이라는 것이 한눈에 들어왔다.

## 77

제시카와 나는 길가에서 서성대다가 군인백화점 안을 들여다보았다. 아무도 없는 것 같았다. 이상하다는 생각에 문을 밀고 들어섰다. 문에 달린 작은 놋쇠 종이 "땡그랑" 하고 울리면서 손님이 들어왔다고 알려주었다. 제시카도 따라 들어왔다.

잠시 후에 할머니가 나타났다. 파마머리를 했어도 염색은 하지 않아 희끗희끗한 회색빛이었다. 나와 제시카를 번갈아 쳐다보면서 무엇을 찾느냐고 물었다. 마치 '이방인처럼 보이는 당신들은 이 가게에서 찾을 물건이 없을 텐데?' 하는 눈초리로 아래위를 훑어보는 것 같아서 눈에 거슬렸다.

―저, 말씀 좀 묻겠는데요. 여기서 일하시던 아주머니는 그만뒀나요?

엉뚱하게도 물건을 찾는 게 아니라 사람을 찾는다고 말했다. 말을 해놓고도 너무 오래된 일이어서 모른다고

소년은 알고 싶다

하면 어쩌나 하고 근심 어린 눈초리로 할머니의 낯빛을
살폈다. 그 사이 제시카는 진열된 물건들이 신기하게 보
였는지 이것저것 둘러보고 다녔다.

　─누구를 말씀하시는데요?

까칠한 말투가 쓸데없는 소리 하지 말라는 것처럼 들
렸다.

　─그러니까, 오래전에 여기서 일하시던 분인데, 지금은 늙으셨겠
　　지요.

　─오래전이면, 우리 어머니를 말씀하시는 모양인데요⋯⋯.

말을 하면서도 긴가민가한 눈초리로 나를 다시 훑어
본다. 번번이 훑어보는 눈빛이 반갑다기보다는 의심이
가득한 게 불쾌한 느낌마저 들었다.

　─어머니라고요?

　─네. 맞아요. 이 가겐 우리 가게니까. 그땐 어머니가 일하셨고,
　　지금은 제가 운영하고 있어요.

　─그러면 댁이 따님 되시나요?

　─내가 맏딸이에요. 그런데 왜 찾으시지요?

　─그러면 어머니는 돌아가셨나요?

—내가 이 가게를 맡아서 한 지도 십 년이 넘었구요, 어머니는 돌아가신 지 오래됐어요.

나는 잠시 머뭇거리다가 배낭에서 종이에 싼 작은 선물을 꺼냈다.

—돌아가신 분이 저의 이모님 되십니다. 선물을 드리려고 가져왔는데 따님이라고 하시니 대신 받으십시오.

—우리 엄마가 이모가 된다고요?

할머니는 아주 천천히 뇌까리더니 얼굴빛이 하얗게 변하면서 의아한 눈초리로 나를 빤히 바라보았다. 바라보는 의구심 어린 눈초리가 나로 하여금 기대인지, 실망인지 알 수 없는 망설임을 자아내게 했다.

할머니는 한동안 말이 없는 게 무엇인가 머리에서 기억을 끄집어내려고 애쓰는 것처럼 보였다. 그리고도 생각이 나지 않았는지, 그냥 방 안으로 들어가 버렸다. 닫다 만 문틈 사이로 방에서 무엇을 하는지 다 보였다. 할머니는 주전자에서 차 끓인 물을 컵에 따라서 단숨에 마셨다. 빈 컵을 들고 멍하니 서 있는 거로 보아 충격을 받은 게 분명해 보였다. 그녀의 표정을 살피던 나는 가

소년은 알고 싶다

습이 두근거리고 초조해서 나야말로 그냥 서 있을 수가 없었다.

'공연한 말을 해서 충격을 줬나?' 하는 생각에 어떻게 해야 할지 감이 잡히지 않았다. 방에 들어가 나오지 않는 게 '더는 말도 하기 싫다는 건가?' 하는 생각도 들었다. 두 사람의 대화가 의아하게 보였던지 제시카가 다가와 내 팔을 흔들었다. 나는 마음을 추스를 수 없어서 밖으로 나왔다. 놀란 제시카도 따라 나오면서 무슨 일이냐고 물었다. 나는 아무 말도 하지 않았다. 머리가 복잡해서 좀 식혀야겠다고 생각했다.

겨울 햇살이 이마에 와닿았다. 눈부시게 쏟아져 내리는 탓에 이마를 찡그렸다. 마음을 가다듬으면서 곰곰이 생각해보았다. 이모는 딸이 셋에다가 아들이 하나 있다고 했다. 큰딸이라고 했으니 내게는 누이뻘이 될 것이다. 어떻게 해야 하나 망설였다. 제시카는 옆에 붙어 서서 무슨 일인지 궁금해하는 표정을 지었다.

소년은 알고 싶다

## 78

⋮

　가게 문이 열리더니 코트를 걸쳐 입은 누이 할머니가 나왔다. 그리고 길 건너 2층 독일 호프집으로 가자면서 가게 문을 잠갔다.

　―영업시간에 가게 문을 닫아도 되나요?

　공연히 나 때문에 문을 닫는 것 같아서 미안하기도 하고 고맙기도 했다.

　―동생더러 나와 달라고 했어요.

　누이 할머니는 늘 하던 대로 하는 거라며 대수롭지 않게 말했다. 제시카와 나는 누이 할머니를 따라 길 건너 독일 호프집 2층으로 올라갔다. 코너 깊숙한 자리의 창가 쪽에 앉았다. 제시카를 나의 아내라고 소개하며 인사시켜 주었다. 자리에 마주 앉은 누이 할머니는 주저하면서 어색하게 웃었다. 생맥주 500cc짜리 한 잔을 주문했다.

　―그러니까, 우리가 사촌 간이 되네요?

누이 할머니가 먼저 입을 열었다.

―이모님께서 따님이 셋에다가 아드님이 한 분 계신다고 하셨는데 모두 무고하시지요?

―네. 다 잘 지내요. 둘째하고 셋째는 서울에서 살고요. 막내 남동생은 여기 살아요. 양구군청에서 공무원으로 은퇴해서 그냥 고향에 주저앉은 거지요.

―직업 중에 공무원이 제일 낫다고 하던데, 잘됐군요.

어디서 철밥통 소리를 들었던 기억이 나서 아는 척을 해보았다. 기다렸다는 듯이 누이 할머니의 남동생 자랑이 한바탕 이어졌다. 동생은 어려서부터 똑똑하고 공부도 잘했단다. 학교에 다닐 때 상이란 상은 다 받아와서 어머니를 기쁘게 해드렸다고 했다.

―남동생이 강원도 공무원 일반 공채에 합격해서 원주시청에서 근무했지요. 그때는 젊고 늠름한 청년이었으니까 예쁜 아가씨들이 줄을 섰었지요. 그러다가 같은 시청에서 근무하던 타이피스트 처녀와 눈이 맞아서 결혼하고 풍족하게 잘 살았는데, 그만 인터넷인가 뭔가가 나오는 바람에 올케가 구조조정 대상에 올랐지 뭐예요. 아이들이 중학교, 고등학교에 다닐 때라 한창

소년은 알고 싶다

돈이 필요할 때잖아요. 올케는 직장에서 밀려났고, 유별나게 효자인 남동생은 아무래도 고향에 가서 어머니를 모셔야겠다 면서 양구군청으로 전근을 신청했어요.

그리고 맥주를 한 모금 마시며 뜸을 드리다가 말을 이어갔다.

─공무원이라면 누구나 도회지로 나가지 못해서 안달이 났는데 도회지에서 시골로 가겠다니 도청에서도 깜짝 놀랐겠지요. 그 래도 양구군청으로 오기를 잘했지요. 오자마자 과장으로 승진 했지 뭐예요. 결국, 사무관으로 은퇴했어요. 지방 사무관이기 는 하지만…….

동생 칭찬을 입에 침이 마르도록 연신 해댔다.

─그러면 아이들도 다 여기서 자랐겠군요?

─애들이 중, 고등학생이었으니까 원주 친정 언니네 집에 두고 왔 지요. 지금은 모두 장성해서 하나는 춘천에 나가 있고, 작은놈 은 서울 큰 회사에서 과장이라나 뭐 그래요.

한번 말을 시작하더니 동생 자랑이 끝날 줄 모르고 이 어졌다. 제시카와 내 맥주잔이 다 비어 가는데 누이 할 머니는 둘째네, 셋째네 이야기로 아이가 몇이며 학교는 어딜 다녔고 하면서 끝없이 이야기를 이어갔다. 나중에는 한쪽 귀로 듣고 다른 귀로 흘려보내면서 언제쯤 내 엄마 이야기가 나오려나 하고 기다렸다.

제시카와 나는 맥주 한 잔을 더 시켜서 마시면서 오로지 엄마 소식을 궁금해했다. 그러나 누이 할머니의 입에서는 자기 형제들 이야기만 나왔지, 정작 내가 궁금해하는 이야기는 꺼내려 들지 않았다. 참다 못해서 내가 먼저 물어봐야 했다.

―나의 어머니 소식은 알고 있는 게 있나요? 돌아가셨다면 기일
   이라도 알고 싶어서요.

누이 할머니는 아무 말도 하지 않고 나를 빤히 쳐다만 보았다. 내가 재차 묻고 나서야 어렵게 입을 열었다. 사실 이런 말은 우리 형제들도 모르는 이야긴데, 자신이 큰딸이다 보니 자연스럽게 알게 되었다고 했다. 이제는 다 늙은 마당에 숨길 게 뭐가 있겠느냐면서 털어놓겠다고 했다.

―이모는 돌아가신 지 오래됐어요. 딸만 넷인데, 둘째 딸한테서
   들은 이야기로는 제 아버지가 술 중독이었다나 봐요. 술만 마

시면 엄마를 욕하고 손찌검을 해대서 동네 사람들이 말리기를 수없이 했다더군요. 술이 깨면 다시는 안 그러겠다며 엄마한테 싹싹 빌었다지 뭐예요. 술만 마시지 않으면 말짱하대요. 술이 웬수지. 늙어서까지도 술만 마시면 손찌검을 하려 들었지만, 그때는 딸들이 나서서 막았다더군요. 엄마가 골병이 들어서 약도 한 첩 써보지 못하고 돌아가셨다고 울면서 하소연하더라고요. 세상에 이모처럼 불쌍한 여자도 없을 거예요. 사실 젊었을 때 집에서 도망 나와서 우리 집으로 왔잖아요. 그때 우리 엄마한 테서 들은 이야기인데 이모가 임신 8개월이었다지 뭐예요?

나는 말을 들으면서도 이게 무슨 소리인가 감이 잡히질 않았다. 나의 엄마 말고 다른 이모가 또 있나 하는 생각이 들었다. 그러니까 그 옛날에 엄마가 도망 나갔다는 게 결국 임신 때문이었다니 믿기지 않았다. 그때 느닷없이 엄마가 부엌에 앉아서 울고 있던 모습이 생생하게 되살아났다.

누이 할머니가 말을 지어내고 있나 하는 생각도 해보았다. 그러나 지어낼 이유가 없었다. 내게서 돈을 뜯어내려는 것도 아니고. 그렇다면 이것은 사실일지도 몰라.

—우리 집에 와서 아이를 낳고 그 아이를 어떻게 할 수가 없잖아요? 게다가 그게 또 아들이었지 뭐예요. 마침 우리 엄마가 아들이 없어서 아이를 우리 호적에 입적시켰대요. 내가 일곱 살 때 이야기에요. 내가 걔를 업어서 길렀으니까 나도 알지요. 그 애가 우리 막내 남동생이에요. 이모가 누구 애인지 말하지 않았으니까 우리는 모르지요. 죽는 날까지도 입을 열지 않았으니 차라리 잘됐지 뭐예요. 우리 집에서 아들 노릇을 톡톡히 하고 있으니 말이에요. 말을 해놓고 나니 염려가 돼서 하는 말인데, 내 남동생이 행여 눈치채면 안 되니까 이런 말을 꺼내서는 안 돼요.

누이 할머니는 눈을 흘기면서 내게 몇 번이고 다짐했다. 해서는 안 될 말을 해놓고 불안해하는 모습이 역력했다.

나는 모든 것이 헷갈렸다. 지금까지 믿고 살았던 공든 탑이 와르르 무너지는 것 같았다. 엄마가 왜 도망가야 했는지 알 것 같았다. 그렇다면 누구의 아기를 임신했단 말인가? 엄마가 밖에서 외간 남자를 만나고 다녔다고? 이것도 믿기지 않았다.

소년은 알고 싶다

이야기를 마친 다음에도 누이 할머니는 떨리는 목소리로 다짐했다. 남동생은 몰라야 한다고 여러 번 신신당부했다.

그러나 당부하는 말은 들리지 않고 내게는 오로지 돌아가신 불쌍한 엄마만 떠올랐다.

사람은 누구한테도 말할 수 없는 오직 자기만의 비밀이 있기에 사람이다.

나중에 들은 이야기지만 제시카는 말없이 앉아 있으면서 내 얼굴이 붉으락푸르락하는 것을 보고 심상치 않다는 느낌을 받았다고 했다. 하지만 끼어들 분위기가 아니어서 억지로 참았단다.

시간이 꽤 지났다. 오후가 다 지나갈 무렵에야 우리는 자리에서 일어났다. 밖으로 나오자 누이 할머니가 가게로 가기에 같이 걸었다. 가게 문을 열고 안으로 들어가기에 나와 제시카도 따라 들어섰다.

## 79

가게 안에 손님은 없었다. 카운터 테이블 뒤에 혼자서
서 있는 노인이 보일 뿐이었다. 홀로 서 있는 흰머리의
노인이 어렴풋이 나의 할아버지처럼 보였다. 돌아가신
할아버지가 살아있다니…… 멈칫거리며 차마 다가서지
못했다. 할아버지가 살아 돌아오셨나 하는 의구심이 들
었다. 내가 어려서 보았던 할아버지, 사진으로 익혀왔던
할아버지의 얼굴이 분명했다. 깜짝 놀랐다. 가슴이 방망
이질 치듯 두근거렸다. 희끗희끗한 머리에 뾰족한 턱이
며 눈가의 웃음, 콧수염을 기른 것까지 할아버지가 분명
했다. 섬뜩하고 무서웠다. 머리가 하얘지면서 아무것도
떠오르지 않았다. 다시 눈을 비비고 보았다. 분명히 할
아버지가 맞다. 머릿속이 헝클어진 실타래처럼 복잡하
게 뒤엉켰고 가슴이 벌렁댔다.

누이 할머니가 뭐라고 했지만, 할아버지에게 홀려 무
슨 소리인지 들리지 않았다. 내 행동이 부자연스러운 것

을 보고 제시카도 어찌할 바를 몰라 했다. 할아버지가 웃으면서 내게로 다가와 악수를 청해서 할 수 없이 손을 마주 잡기는 했어도 제정신이 아니었다. 죽은 사람의 손을 잡은 것처럼 차갑게 느껴졌다. 머리가 텅 빈 것 같은 기분이 들었다. 혼이 빠져나간 사람처럼 멍하니 서 있다가 어지러워서 손으로 이마를 짚었다. 현기증이 나면서 휘청거렸다.

제시카가 왜 그러느냐고 나의 팔을 흔들면서 물어왔지만, 나는 말 없이 밖으로 나와버렸다. 가겠다는 말은 했는지, 안 했는지 기억도 나지 않았다. 할아버지를 꼭 닮은 노인을 만나다니! 머리가 띵하면서 복잡했다.

고귀한 할아버지 수호신이 한순간에 110층 월드 트레이드 센터 빌딩이 무너져버릴 때처럼 내 믿음 속에서 사라지고 말았다.

을씨년스러운 겨울 찬바람이 쓸고 지나가는 거리는 황량했다. 제시카가 옆에 있다는 것도 다 까먹었다. 잠깐 멍하니 서 있는데 작은 흰색 대우 마티즈가 가게 앞에 와서 섰다. 차 앞 유리에 부딪히는 오후 햇빛이 별처럼 반짝였다.

늙은 여인이 천천히 운전석 문을 열고 밖으로 나와 차 뒤쪽으로 돌아 내 앞을 스치고 지나갔다. 희끗희끗한 머리에 파마를 한 여인의 왼쪽 뺨에 있는 검은 점이 눈에 띄었다. 얼굴은 늙었지만, 어딘가 낯익다는 느낌이 들었다. 어디서 보았을까? 나는 먼 기억의 노트를 휘리릭 넘기며 그녀의 정체를 기억해내려고 애썼다.

내 팔을 잡아끄는 제시카를 따라 도로를 건너서 버스 터미널로 걸어갔다. 제시카가 무슨 일이냐고 다그쳐 묻기에 그제야 제시카의 존재를 의식했다. 나는 어지럼증에 걸린 환자처럼 걸을 때마다 휘청거렸다. 시외버스 터미널로 들어섰다. 대합실 커피앤 카페에서 아메리카노를 시켰다. 제시카는 안 마시겠다고 했다.

―허니! 배고프지 않아요? 뭐 좀 먹어야 하잖아요?

나는 배가 고픈 건지, 안 고픈 건지 전혀 느낄 수 없었다.

―길 건너 가게에서 샌드위치나 사 먹지 그래.

―나 혼자 말이에요?

—그래, 가서 달라고 하면 다 알아들어. 염려하지 마. 가서 주문해
도 돼.

제시카를 안심시켜 주면서 길 건너 줄리앙 와플 테이
크아웃 카페에 가서 먹을 것을 사라고 다독여주었다.

커피가 든 따듯한 종이컵을 들고 창가 높은 의자에 앉
았다. 창밖을 내다보며 한 모금 덜어 마셨다. 따끈한 커피
로 입가심을 하면서 쓴 입을 쓴맛으로 씻어 삼켰다.

믿을 수 없는 고약한 사실에 엉망진창이 되어버린 마
음이 진정될 것 같지 않았다.

엄마의 비밀을 알아내려고 했던 것은 아니었지만, 뜻
하지 않게 엄마의 과거를 알게 되면서 엄마의 비밀은 나
의 비밀이 되고야 말았다. 누구에게도 말할 수 없는 비
밀 중의 비밀이 되고 말았다. 요즘처럼 모든 것이 다 공
개되는 디지털 시대라고 해도 사람은 무덤까지 가지고
가야 하는 비밀이 있기에 사람이다. 가슴이 떨리고 어깨
에서 힘이 다 빠져나갔다.

뒤엉킨 뇌세포는 간단한 심호흡으로는 풀리지 않았
다. 심호흡도 해보고 커피도 마셔보았지만, 꼬여버린 실

타래처럼 머릿속이 복잡했다.

그리스 신화에 나오는 에코(Echo)란 요정은 바람둥이 제우스의 아내 헤라의 미움을 받아 듣는 소리를 흉내는 낼 수 있어도 스스로 말을 할 수 없으리라는 저주를 받은 것처럼 엄마는 에코가 되어 목소리를 잃었다.

내가 엄마를 찾아가 서러워서 울면 엄마는 에코가 되어 나보다 더 큰 소리로 울었다. 내가 사랑한다고 말하면 엄마는 역시 에코가 되어 크게 울려 왔다.

엄마의 고통이나 그간의 희생을 퍼즐 맞추듯 채워볼 겨를도 없이 내가 겪었던 애절한 그리움이 엄마의 고귀한 선물이었다는 것을 늦게나마 깨닫게 되었다.

소년은 알고 싶다

# 80

⋮

　배낭에서 캐논 카메라를 꺼내 들었다. 군인백화점을
사진으로나마 담아가야겠다고 마음먹었다. 군인백화점
을 찍으려고 하는데 할아버지를 꼭 닮은 노인이 문을
열고 나왔다. 곧이어 희끗희끗한 은빛 머리가 잘 어울
리는 늙은 여인이 뒤따라 나왔다. 그다지 멀지도 않은
길 건너에서 벌어지는 일이라 똑바로 볼 수 있었다. 문
을 열고 나오는 늙은 여인의 얼굴에 햇살이 정면으로 비
쳤다. 곱게 늙은 여인은 눈이 부신지, 이맛살을 찌푸리
며 선글라스를 꺼내어 썼다. 늙은 여인은 노인에게 뭐라
고 말하더니 운전석으로 다가갔다. 고개를 꼿꼿이 처든
그녀의 태도에는 자신 있게 늙은 당당함과 세파에 닳고
닳은 세련미가 엿보였다. 어디서 보았던 얼굴인가? 곰곰
이 기억을 더듬었다.

　─아! 매릴린 먼로.

　갑자기 가슴이 쿵쾅거렸다. 온몸에 소름이 끼쳤다. '그

럴 리가?' 다시 정신을 가다듬고 눈여겨보았다. 헷갈렸
다. 두근거리는 마음을 안고 가볼까 말까 망설이는 순
간, 두 사람은 차 속으로 몸을 숨기더니 문을 닫았다.
늙은 여인이 운전하는 대우 마티즈가 소리 없이 스르르
도로 위를 굴러갔다.

소년은 알고 싶다

후기

상 받으러 가던 날

오늘이 2021년 12월 18일 상 받으러 가는 날이다.

미국에서 한국에 오느라고 제트레그(Jet Lag)도 있었겠지만, 상 받을 생각 때문에 뒤숭숭해서 잠이 오지 않았다. 뒤척이다가 일찌감치 새벽 5시에 일어났다. 초콜릿 차나 끓여 마시면서 인터넷 신문을 들추다가 샌프란시스코 지역 한국일보에 머물렀다.

'신재동 작가 한국예총 공모전 당선'이란 기사 타이틀이 눈에 띈다. '예술세계 신인상에 장편소설로'라는 부제가 붙어 있었다.

소년은 알고 싶다

캘리포니아 캐스트로 밸리에 거주하는 한인 신재동 작가가 한국예술문화단체총연합회(이하 한국예총)에서 실시한 2021 예술세계 신인상 공모전 창작부문 장편소설에 당선됐다.

본보 문예공모전에서 2019년과 2021년 단편소설('유학')과 수필('낮손님')부문 가작에 뽑힌 바 있는 신재동 작가는 올해 한국예총에서 실시한 '예술세계 신인상' 공모전에서 장편소설 '소년은 알고 싶다'로 당선됐다. '예술세계 신인상'은 한국예총에서 발간하는 '예술세계'라는 격월간 종합예술지에서 매년 실시하는 문예 공모전으로, '창작'부문과 '예술 평론' 부문의 참신한 신인을 발굴하고 있다.

신재동 작가는 "5년에 걸쳐 집필한 장편소설 '소년은 알고 싶다'가 당선됐다는 소식을 듣고 매우 기뻤다"며 "10년 전 은퇴하고 문학 공부로 노후를 보내고 있는 나에게 매우 자랑스러운 수상"이라고 말했다. 신 작가는 문예활동을 쉬지 않고 이어나가 지난해부터 2년 만에 단편 소설집 『유

학』, 수필집『참기 어려운, 하고 싶은 말』,『작지만 확실한
사랑』등 여러 저서를 출간했다.

1970년 도미 후 70세부터 글쓰기를 시작한 신 작가는 72
세에 정식 은퇴 후 글쓰기에 매진하고 있다. 저서로는『미
국이 적성에 맞는 사람, 한국이 적성에 맞는 사람』,『미국
문화의 충격적인 진실 35가지』,『첫 시련』,『크루즈 여행
꼭 알아야 할 팁 28가지』등이 있다.

샌프란시스코 미주 한국일보에 기사가 실린 것도 그렇
고, 한국 일산에서 사는 문우가 일산 내 오피스텔로 배
달해준 꽃바구니도 그렇고, 대전에서 사는 동문이 보내
온 축하 선물 배 한 상자도 그렇고, 지인들한테서 걸려
온 축하 전화며 넘쳐나는 카톡 축하 메시지로 은근히
마음이 들떠있었다.

산다는 건 시련의 늪인 줄만 알았는데 꼭 그런 것만
도 아닌 것 같다는 생각이 들었다.

소년은 알고 싶다

'행복한 날에는 행복하게 지내라, 불행한 날에는 이 또한 행복한 날처럼 하느님께서 만드셨음을 생각하라. 다음에 무슨 일이 일어날지 인간은 알지 못한다.'라는 구약성서의 지혜로운 전도사 코헬렛의 구절을 떠올리면서 하루를 시작했다.

시상식은 오전 11시에 서울 목동에 있는 '문예 센터 20층'에서 거행될 것이라고 했다. 나는 일찌감치 일산 백석동 전철역에서 문우가 오기를 기다렸다. 문우는 전문가 수준의 책 읽기를 즐기는 글쓰기 모임 멤버. 같이 시상식에 가서 사진을 찍어주는 친절을 베풀기로 선약이 되어 있었다. 만나기로 한 9시 30분이 지났는데도 문우는 나타나지 않았다. 이럴 리가 없는데 하면서 휴대폰을 열어 보았다. 미싱 콜이 보인다. 얼른 확인해 보았다. 택시 타는 데서 기다리고 있단다. 나는 문우가 전철을 타고 오는 줄 알았는데 시내버스로 왔다고 했다.

택시는 돈이 들어서 그렇지 금세 문예 센터까지 실어다 주었다.

30분이나 일찍 당도했으니 시간이 많이 남아있는 줄 알았다. 먼저 행사가 벌어지는 20층에 올라가서 답사부터 하고 다시 1층으로 내려와 커피숍에서 기다리다가 시상식 시간이 되면 올라갈 계산이었다.

1층 커피숍을 마음속에 그리고 있었던 까닭은 시상식 전에 화장실 먼저 들러야겠다고 생각했기 때문이었다.

일단 20층에 올라갔다. 엘리베이터에서 내리자마자 홀 웨이에는 행사 요원들이 준비를 끝내놓고 귀빈을 맞이하고 있었다. 다시 1층으로 내려갔다가 올라올 것도 없이 그냥 행사 홀로 들어가야만 하는 분위기였다.

나는 "아차" 하는 느낌이었다. 나의 계산이 빗나갔기 때문이다. 1층에서 화장실에 들렀으면 좋았을 것을 그만 기회가 어긋나고 말았다.

자리에 앉아 있는 시간이 조금씩 불편하기 시작했다. 화장실에 다녀오기에는 시간이 촉박할 것 같고 그냥 앉아 있자니 편안치가 않았다. 5분 후에 시작할 것이라는 안내 코멘트와 함께 자리에 앉아달라는 말을 듣는 순간 점점 더 화장실이 간절해졌다. 앞으로 1시간을 참아야 하는데 사람들은 모여들고 준비위원들은 바삐 드나들었다. 아는 사람들끼리는 서로 인사도 나누고 안부도 묻는다. 수상자들은 맨 앞줄에 앉아 있어야 했다. 이제는 꼼짝 못 하고 참아야 하는 수밖에 없었다.

정확한 시각에 시상식은 열렸다. 행사장은 조용하면서도 소곤댔다. 젊은 문예협회장의 인사말이 있었고 심사 총평을 맡은 예술시대작가회 조현순 회장은 "11월 29일부터 12월 3일까지 1차 심사와 12월 6일 본 심사를 거쳐 최종 대상자를 선정했다"라며 "오늘 수상의 기쁨과 더불어 작가로서 새롭게 등단하시는 모든 분께 깊은 축하의 인사를 드린다."라고 총평했다.

곧이어 당선자들에게 상패와 꽃다발이 수여됐다. 사진 찍고 전문위원, 편집위원 소개가 있으면서 일사불란하게 끝을 맺었다. 불과 20분밖에 걸리지 않았다. 내게는 참으로 상쾌한 식순이었다. 문우와 나는 식권을 받아 들고 1층으로 내려갔다. 화장실 먼저 들리는 수고부터 했다. 오믈렛 전문집이어서 맛도 그럴듯했다.

집에 오자마자 고급스러운 세무 케이스를 열고 순금 원목상패를 꺼내 보았다. 좌우 측면에 봉황이 그려진 금빛 금속판이 유난히 반짝였다. 어쩌면 이것이 '당신 인생의 하이라이트를 장식할 종소리'일지도 모른다는 메시지처럼 보였다.

따끈한 초콜릿 차를 들고 창가에 서서 밖을 내다보았다. 뜻밖에도 함박눈이 내리고 있었다.

디지털 시대에는 일기예보도 잘 맞춘다. 오늘 오후에 서울을 비롯한 수도권 서부에 올겨울 첫 대설주의보가 발효된다더니 정말 그랬다. 대설주의보는 24시간 내 새로 내린 눈이 5㎝ 이상 쌓일 것으로 예상될 때 발령한다. 3시간 정도 내릴 것이라더니 그것도 맞췄다.

일기예보대로 눈발이 앞이 안 보일 정도로 퍼부었다. 백내장 낀 시력처럼 허공이 뿌옇게 보였다. 온 세상이 순식간에 하얗게 변해갔다. 눈송이도 굵어서 주먹만 했

소년은 알고 싶다

다. 하늘도 나의 장편소설 당선을 축하해 주는구나 하는 생각이 들었다.

눈 내리는 세상은 얼마나 아름다운가? 눈보다 더 흰색이 있을까?

어린 시절 생각이 났다. 눈이 내리면 그냥 보고만 있을 수 없어서 무작정 밖에 나가 눈을 맞으며 걸었다. 혼자 걷기엔 아까워서 친구를 불러내곤 했었다.

다 늙은 지금도 눈이 내리는 광경을 보면서 가슴이 두근거린다. 어렸을 때나 늙어서나 마음은 변하지 않고 그대로이다.

우산은 필요 없어도 마스크는 써야 한다. 파카 모자를 뒤집어쓰고 눈 내리는 거리를 쏘다니고 싶었다. 붕어빵이라도 사러 가야지 그냥 방에 머물러 있기는 아까웠다.

밖은 흰 눈이 온천지를 덮고도 부족해서 한없이 퍼붓고 있었다. 앙상한 겨울나무 가지마다 눈이 소복이 쌓여있는 게 크리스마스카드의 한 장면 같았다. 눈이 펑펑 내리는 길은 발걸음도 가볍다. 길 위에 눈이 발목까지 차올랐다. 길은 흰 적삼을 입은 듯 속살을 모두 숨기고 있었다.

발을 디딜 때마다 새 눈은 새 돈을 셀 때처럼 "빠닥빠닥" 소리를 냈다.

"빠닥빠닥" 소리인 줄 알았는데 귀 기울여 들어봤더니 "뽀드득" 하고 들렸다. 신발이 소복이 덮인 눈을 밟을 때면 눈이 빈대떡처럼 납작해지면서 "뽀드득" 하는 소리를 냈다.

"뽀드득, 뽀드득" 소리를 들으며 아무도 밟지 않은 눈길을 내 발이 자국을 남기고 있었다.

새 눈을 밟는 기분이 상쾌하기도 하고 깨끗한 세상을 더럽히는 것 같기도 해서 즐거우면서도 죄송스러웠다.


코스트코 앞 사거리에서 신호등 바뀌기를 기다렸다. 틴에이저 사내아이 둘이서 맨발에 슬리퍼만 신고 서서 신호등을 바라보고 있었다. 어딘가 조금은 달라 보였다.

소년은 알고 싶다

얼굴에 있어야 할 마스크가 보이지 않았다. 마스크를 쓰지 않는 건 방역법 위반이다. 소년들이 왜 법을 지키지 않을까? 기다려볼 것도 없이 담배 연기를 뿜어내고 있었다.

눈이 내리는데 맨발도 그렇고, 방역법 위반에 어느새 담배 피우는 모습이 반항에 반항이다. 모든 것에 반항하는 저 나이가 부러웠다. 반항은 새로운 도전이며 새로운 것을 창조한다.


눈 오는 날은 춥지도 않았다. 옛말에 '눈 오는 날이 거지 빨래해 입는 날이다.'라더니 정말 그렇게 포근했다.

비쩍 마른 아저씨가 붕어빵을 굽고 있었다. 가격표를 붙여놓았는데 붕어빵 2개에 1천 원, 밀크빵 2개에 1천 원, 초코빵 1개에 1천 원이다. 간단하게 1천 원 균일이다.

앞에 선 아가씨가 주문해 놓고 기다리고 있었다. 다 구워놓은 붕어빵이 여러 개 있는데도 기다리는 거로 봐서 밀크빵이나 초코빵을 주문해서 그러나 보다 했다.

그러나 나의 짐작이 틀렸다는 걸 금방 알았다. 가격표 밑에 작은 글씨로 3~5분 기다려야 한다고 쓰여 있었다. 한 봉지 담아 든 아가씨는 가고 내 차례가 왔다.

붕어팥빵 2개 달라고 했다. 가장 대표적인 팥빵에다가 겨우 2개 정도면 있는 거로 싸서 주는 줄 알았다. 하지만 붕어빵 아저씨는 잠깐 기다려야 한다면서 쇠로 만든 붕어빵 몰딩에 물 같은 밀반죽을 붓고 팥을 올리고 다시 묽은 밀 국물로 덮어씌우더니 쇠뚜껑을 닫았다.

불판에서 익어가는 시간이 대략 3분 정도 걸리는 것 같았다.

주인은 따끈한 붕어빵을 손님에게 제공하겠다는 게 그의 영업 전술이었다. 주인아저씨는 붕어빵을 무척 사랑하나 보다. 손님에게 기다리라고 하는 까닭은 따끈한 붕어빵을 주기 위한 것이고 비록 작은 붕어빵일망정 따끈해야 맛이 난다는 철칙을 지키고자 하는 모습이 아름다워 보였다.

다시 오던 길을 되돌아 걸었다. 눈은 쉴 새 없이 펑펑 내리고, 길은 흰 눈으로 덮여서 깨끗하기 그지없다. 새 책은 책장을 넘길 때면 새 눈길을 걷는 것처럼 "빠닥빠닥" 소리가 나고,

새 책은 청소년처럼 세상에 대한 도전이고, 새 책은 붕어빵 아저씨처럼 따끈따끈한 맛을 선사한다는 생각을 해 보았다.

인도교를 따라 하얀 눈이 곱게 덮인 위로 누군가 걸어온 발자국이 보였다. 눈여겨보았더니 내가 걸어온 발자국이다. 나는 깨끗한 새 눈길을 더는 더럽히고 싶지 않아서 밟고 걸어온 발자국을 되짚어 밟으면서 걸었다.

마치 내가 장편소설로 걸어온 인생을 되짚어가면서 썼던 것처럼.